ダッシュエックス文庫

剣神と魔帝の息子はダテじゃない

shiryu

プロローグ

「結婚しよう！」

「……はい！」

「「「「えええええええ!?」」」」


その日、新たな歴史が作り出された。

その歴史を説明するには、少し時を遡《さかのぼ》らねばならない。


約一年前。世界を騒がせている二人の人物がいた。

剣神《けんしん》と魔帝《まてい》と呼ばれる者である。

剣神、名をヴァリー。剣の道を極《きわ》めた者として、剣神と呼ばれていた。その斬撃《ざんげき》は大地をも切り裂くと噂《うわさ》される。

魔帝、名をフローラ。魔法の道を極めた者として、魔帝と呼ばれていた。その魔法は地形を変えるとも噂される。

この二人は幾度《いくど》となく凶悪な魔物を倒し、人々を救ってきた。

そして世界の人々は口々にこう言う。

「剣神様はすげぇ！　剣を一回振っただけで街を襲《おそ》ってた魔物を殺しちまった！」

「魔帝様はもっと凄《すご》いわ！　この前なんて天候を変えてしまう魔法を使っていたわ！　そのおかげで私たちの村も今年は豊作よ！」

「いいや剣神様の方が！」

「いいや魔帝様の方が！」

こうして、世の中は『剣神派』と『魔帝派』で分かれた。国によっては、国王がどっち派かによって、その国民は強引にそっち側を支持させられたりもしていた。

そして誰かが言った。

「それだったら、闘わせたらいいんじゃない？」

その言葉を機に、剣神と魔帝はみんなに度々《たびたび》手合わせを強要された。

最初は渋《しぶ》っていた二人だったが、実際闘ってみると相手の実力と自分の実力が拮抗《きっこう》していることがわかった。二人とも初めて本気の自分をぶつけられる相手を見つけた。

それから何回も何回も闘い合う。剣神が勝つこともあれば、魔帝が勝つこともある。

百回闘い、五十勝五十敗。

そして今日、百一回目の対決。二人は闘う前にある約束をしていた。

「俺が勝ったら魔帝！　一つ俺の言うことを聞いてもらうぜ……」

「あら奇遇ね、私も勝ったら貴方《あなた》に言いたいことがあったの」

「そうか。それでも俺が勝つぜ、魔帝」

「負けないわ、剣神」

そして闘いが始まった――。

激闘の末、勝ったのは――魔帝だった。

魔帝は、地面に大の字で倒れている剣神を見下ろして言った。

「ふふふ、私が勝ったわ」

「はぁはぁ……あぁそうだな、お前の話を聞こうじゃないか」

「あら、潔《いさぎよ》いわね。まだ負けてない！　とか言うのかと思ったわ」

「どっからどう見ても俺の負けだろ。もう立ち上がる気力がねぇよ」

二人が話している間に、周りで見ていた者たちが集まってくる。

ここは王都から何キロも離れたところにある平原。いや、平原だった場所。

二人の闘いは、いつもここで行われていた。そのため、闘いの影響で大地は裂け、草木は燃えて跡形《あとかた》もない。

周りで見ていた者たちは、二人が闘っているあいだ、半径一キロは離れていた。

それくらい離れていても、途中巻き込まれそうになるほどの激戦だった。観戦していた人の数、およそ五万人。

見ていた人たちが近づいてきたところで、剣神は立ち上がる。

「で、お前の伝えたいことってなんだ」

「あぁ、そうだったわね。じゃあ言うわね……」

魔帝は剣神の両肩に手を置き、強引に顔を向き合わせる。

「えっ？」

剣神は驚きの声を上げるも、すぐに喋《しゃべ》れなくなる。

――魔帝が、剣神の唇《くちびる》を自分の唇で塞《ふさ》いだ。

周りで見ている全《すべ》ての人間が呆然《ぼうぜん》として声も出ない。そうした中、魔帝が剣神から口を離して言った。

「剣神……いいえ、ヴァリー！」

「え、な、なに……？」


「結婚しよう！」

「……はい！」


「「「「ええええええええ!?」」」」

五万人は驚いた。いきなり二人の結婚という突拍子《とっぴょうし》もない展開に。
しかもまさか魔帝の――女性の方からプロポーズしたことに。

そして、世界中の人にその話が広まり、多くの人を驚かせた。

当然のことだろう。何度も街や国を救ってきたあの二人が結婚するという噂にみんなが夢中になった。

「剣神様と魔帝様が結婚!?　本当かそれ!?」

「凄いお似合いじゃないの！　お二人とも顔立ち整ってるから並んだら絵になるわ！」

世界中の人々が口々にそう言った。

そしてやはり一番気になるのはあの話題だった。

「剣神様と魔帝様のお子さんはどんな子になるんだろう？」

「あの二人に似て可愛《かわい》かったり、カッコよかったりすると思うけど……」

「やっぱり気になるのは剣と魔法どっちが強いのか、だよね！」

「男の子だったら剣術じゃない？　で、女の子だったら魔法！」

「いやあの二人の子だぞ？　どっちも凄いかもしれない！」

「とにかく、絶対凄い才能があるのは間違いないわよね！」

人々は二人の子供について興味津々《しんしん》だった。いずれの国の王様もそうであるようで、どこで結婚式を挙げ、どこで子供を産むかが話題となった。

やはり一番可能性のあるのは、二人の出身国であるバンコク国と予想された。だからそこの国の王や貴族たちは喜んだ。

「我が国で強い子が生まれる。しかもあの剣神と魔帝の子だ！」

しかし、剣神と魔帝は自分らの子をそんな国のメンドくさいことに関《かか》わらせたくなかった。

「なあフローラ、俺に考えがあるんだが」

「私も多分、同じことを考えているわ、あなた」

――そして、剣神と魔帝は行方《ゆくえ》不明になった。いや、行方不明といったら語弊《ごへい》がある。場所はわかっていた。

二人が一緒に暮らしていたはずの家には家具が一つもなくなり、代わりに床に手紙が落ちていたのである。

――魔の森に引っ越します。用があるなら捜してください――

こう書かれていた。

魔の森とは――大陸の中でも最も危ないとされる場所である。その森には危険な魔物がうじゃうじゃといる。

普通はそんな所で生活できるわけがない。

しかし、剣神と魔帝ならできるかもしれない。

こうして世間《せけん》を騒がし、剣神と魔帝は行方不明になった。

第1章　森での生活

——ここは魔の森。

普通の人がその名を聞くと、すぐに思い出す二つ名は——冒険者の墓場。

その名の通り、ここは数々の名だたる冒険者が命を落としてきた。

この世界での冒険者は、立派《りっぱ》な職業であり、色々な仕事をする。街の仕事のお手伝いから魔物の討伐《とうばつ》まで、種類は様々。

その一つに、魔の森の調査という依頼がある。

その依頼はこの数年、ずっと魔の森近くの王都の冒険者ギルドに貼《は》ってあるのだが、最近はその依頼を受ける者は一人もいない。

理由は単純だ。その調査から帰ってきた者がただ二人だけということ。その二人とは言わずもがな、剣神と魔帝である。

なので、普通はその魔の森に近づく人なんて一人もいない。否《いな》、いなかった。

しかし、一年前からその場所の奥地にある少し空《あ》いている場所に、家を建てて住んでいる人が二人――いや、三人いる。

「フローラ、薪割《まきわ》り終わったぞ」

「ありがとうあなた。今この子にお乳をあげ終わったところよ」

「そうか！　いやー、もうリュークが生まれて三カ月と十八日か！」

「もう……そんなに細かく覚えて……」

「当たり前だろ！　俺とお前の息子だ！　全部覚えてるさ！」

「もうあなたったら……」

そう言ってフローラは赤ん坊を抱きながら少し顔を赤く染める。

ヴァリーはそれに気づかずにフローラの腕の中にいる赤ん坊に話しかける。

「よーちよち、リューク。パパでちゅよー」

ヴァリーはそう言いながら赤ん坊のリュークの手のところに、自分の人差し指を差し出す。

するとリュークは、弱々しくだが確実にヴァリーの指を小さな手のひらで握る。

「あぁ……可愛《かわい》いなリュークは……」

「うふふ……そうね。髪が茶色だから将来はあなたに似るのかしらね」

「目はフローラの金色の目を受け継いでるな……綺麗《きれい》な目をしてる」

「もうあなたったら……」

そんないまだ新婚ほやほやの空気を醸《かも》し出していると――突然、二人に緊張が走る。

「……あなた」

「わかっている。フローラはリュークと家の中に」

「いえ、久しぶりに私がやるわ。最近はあなたに任せてばかりで腕が鈍《にぶ》りそうだわ」

「……そうか、じゃあ今回は任せる」

「ええ、リュークをお願い」

そう言って、フローラはリュークをヴァリーに預けた。

「フローラ、無理するなよ」

「あら、あなたより私の方が強いのよ？　最後の闘いを忘れて？」

「……思い出させないでくれ」

「うふふ、あなたの黒歴史ね」

「俺からプロポーズしたかったのに……」

少し気分を落ち込ませながら、ヴァリーはフローラから離れる。

するとすぐに、フローラの目の前には彼女の何倍も大きな魔物が現れた。

「あら、ドラゴンじゃない」

ドラゴン――翼《は》を生やしたトカゲのような姿で、全長二十メートルはあるのではないかと思われる。口からは炎を噴《ふ》き、目の前のもの全《すべ》てを焼き尽くす。

普通の人がこのレベルのドラゴンに遭遇《そうぐう》したら、まず助からない。命を落とす覚悟をするのが関の山だろう。

　しかし、この二人は違う。

「うふふ、今日の夕飯はドラゴンの肉ね」

「フローラ！　逃すんじゃねぇぞ！　リュークのためにお前には栄養価の高いものを食べてもらわないといけないからな！」

「わかってるわよ。味も最高に美味《おい》しいしね。ドラゴンの肉なんていつぶりかしら？」

　この余裕である。もう二人にはドラゴンを食べることしか頭にないらしい。

――そうしているとドラゴンが動き出す。

――雄叫《おたけ》びをあげて、空気を震わした。口の中に炎が見えた。

　そして、そのまま口をフローラたちに顔を向け、炎を吐こうとするも――出なかった。

「ここで炎出されちゃ困るのよね」

　フローラがそう呟《つぶや》くと、ドラゴンの頭が首からずり落ちる。

　ドラゴンは何をされたかもわからずに、何もできずに絶命した。首の切断面は綺麗なものだった。

　ヴァリーがフローラに近づいて言った。

「ほー、さすが魔帝様。綺麗な風魔法で」

「そちらこそさすが剣神様ね。私の魔法を見破るなんて。この魔法、一応あなたに見せたの初めてなのだけれど……」

「まあこんくらい見破らなきゃお前とほぼ互角《ごかく》の勝負なんてできんだろ」

「そうね……。この魔法は人間には使わないようにしてるわ。だって危ないもの」

「そりゃ殊勝《しゅしょう》なことで」

二人がそうやって喋《しゃべ》っていると、リュークが突然泣き出してしまう。

「あらやだ、あなた抱っこが下手ね」

「いや違うだろ、ドラゴンの生首《なまくび》が怖いだけだろ？」

「あら、私のせいだと言うの？　リューちゃん違うわよね？　パパのせいよね？」

「そんなに俺のせいにしたいの？　違うよなリューク？　ママが怖かったんだよな？」

「私が怖いみたいに言わないでくれる？　私の魔法で生首になったドラゴンでしょ？」

「ほらママの魔法のせいだ」

「……パパの抱っこ下手よねリューちゃん？」

「誤魔化《ごまか》すなよ」

二人はそんなことを言い合っている。

その間、ドラゴンはフローラたちの背後でずっと横たわっていた。それからさらに十分ほど、二人に忘れられる。

死んでからもただただ不憫《ふびん》なドラゴンであった。

魔の森で、フローラとヴァリーが生活して三年。リュークが生まれてからは一年とちょっとが経《た》った。

リュークも一人で歩いて、片言ながら話すことができるようになっている。

「リューちゃーん！　ご飯よー」

「はぁい」

「リュークは偉《えら》いなぁ、しっかり返事できて」

「うふふ、そうね。だけどお乳をあげなくてよくなっちゃったのはちょっと寂《さび》しいわね」

リュークは離乳食を食べていた。

魔の森の中には、野菜なども生《は》えているのでそれをすりつぶしたものを食べさせている。

「リューちゃん今日もしっかり食べれて偉いですねー」

「はぁい」

「そうだな、あんまり溢《こぼ》さずに食べれてるよな……。しっかり者だなリュークは」

「うふふ、私に似てね」

「おい、それだと俺がしっかりしてないみたいだろ」

「あら、そんなこと思ってないわよ？　自意識過剰《かじょう》ね、パパは。ねぇリューちゃん？」

「はぁい」

「リュークも返事しなくていい！」

夕食を食べ終わり片付けをする。夕食などはいつもフローラが作っているが、片付けはヴァリーがやることが多い。家事はしっかりと分担している。

ヴァリーが片付けている間、フローラはリュークと遊ぶ。

「リューちゃん何して遊ぼうか？　積み木かな？」

「まほう！」

「え、魔法？　魔法ね……リューちゃんにはまだ早いかな？」

「まほう！」

「うーん……じゃあ見せるだけよ？」

「『光よ照らせ、光明《ライト》』」

フローラがそう言うと、リュークの目の前に手のひらサイズの光の玉が現れる。

魔の森の夜は暗いが、家の中でも最低限の明かりしかつけなかった。そうしないと光に敏感な魔物が寄ってくる可能性があるからだ。そのため光の玉は眩《まぶ》しいくらい明るい。

「はい、終わり」

「すごいすごい！」

「うふふ、ありがと。リューちゃんは魔法に興味があるのねー。将来は魔法使いかな？」

「おいおい、男なんだから剣士だろ？」

食器などを洗って戻ってきたヴァリーが言った。

「決めてたろ？　男だったら剣を教えて、女だったら魔法を教えるって？」

「それはそうだけど……」

「まあ、俺とお前の息子だからどっちもできる可能性はあるが……やはりどっちもやると器用《きよう》貧乏《びんぼう》になる可能性があるからな」

「そうね……魔法剣士なんて言ってるやつをボコボコにした経験は何回もあるわ」

「おいおい怖《こえ》えな……まあ俺もあるが」

「そういう人は調子乗ってるのよね。『どっちもできる俺凄《すご》い』っていう感じで」

「あー、俺もそんな感じのやつと闘ってボコったわ」

そんな昔のことを二人が話していると——。

「『ひかりよてらせ、らいと』」

ちょっと舌《した》が回ってないような言葉が二人の背中から聞こえてくる。二人がそちらを向くと、息子のリュークがその言葉を唱《とな》えていた。

——すると、リュークの目の前に光の玉が現れた。

「えっ……？」

「なっ……！」

その光景に二人は目を見開いて驚く。

すぐにリュークの目の前から光の玉は消えた。フローラが出した光の玉よりは小さかった。しかし、確実にリュークの目の前に光の玉は現れていた。

「……今のはリューちゃんが？」

「お前が無詠唱《むえいしょう》でやってなかったらそうだろうな」

「まだ魔力の使い方を教えてもないのに？　ありえない」

「魔法は俺にはわからんが、やはり魔力の使い方を覚えないと使えないのか？」

「そうね。自分の体内にある魔力の循環《じゅんかん》を感じ取って、それを使って詠唱文を唱えて初めて魔法は使える」

「魔力を感じ取るのは、普通この歳《とし》では？」

「できるわけない。早くても五歳で魔力を感じ取る練習を始めて、一週間はかかる。私は三時間で終わったけど」

「それもまたすげえな。だけどリュークは一歳と三カ月二十四日だぜ？」

「なんで完璧《かんぺき》に覚えてるのよ。そうね、教えてもいないし、いくらなんでも早すぎる」

「てことは俺らの息子は」

「ええ、そうね」

二人はリュークのもとに行き、フローラがリュークを抱きかかえる。

「天才ってことね！」

リュークはフローラの胸の中で無邪気にはしゃいでいる。

「やっぱりそうだよな！　さすが俺らの息子だ！　そんじょそこらの奴《やつ》らとは比べもんになんねぇな！」

「そうね、これなら今から魔法を教えられるかもしれないわ。そしたら三歳くらいから剣を教えてあげれば」

「魔法剣士になれるかもだな！　調子に乗ってる奴らとは違い、本物のな！」

「そうね！　さすが私のリューちゃん！　将来が楽しみね！」

「おいおい、俺らのリュークだろ？　俺の遺伝子も混ざってること忘れるなよ？」

「リューちゃん今のは光属性だったから、光属性から覚えてみよっか？　私の息子だから多分全属性使えると思うけど、どれが一番得意かな？」

「はぁい？」

「おい、無視すんなよ……」

こうして、魔の森に住む三人の夜は更《ふ》けていく——。

リュークが魔法を初めて使ってから二年ほど経ち、リュークは三歳となった。

今、リュークは、家の外で魔法の練習をしている。今日は火属性魔法の練習だ。

まずは身体《からだ》の中に流れる魔力を感じ取る。そうすることで、魔法が発動しやすくなり、強力にもなる。そして身体の中の魔力を、指先に集中させる。

「『猛《たけ》る炎よ、出《い》でよ。照炎《ヴァレスト》』」

詠唱文を唱えると、リュークの指先から炎が出る。普通はランタングらいの大きさなのだが、リュークの場合頭二つ分ぐらいの大きさの炎になっている。

それを目の前にいるフローラに向けて発射する。

「『水よ、我が手に集《つど》え。流水《ウォーター》』」

フローラが詠唱すると指先から炎の大きさと同じくらいの水の塊《かたまり》が出て、炎に向け発射される。

衝突すると同時に、水が炎を包むように消して、少し小さくなった塊は、その場に漂い続ける。

そして少し漂った後、急に地面に落ちた。

「リューちゃん前より炎が大きくなってたわ！　私も少し大きくしないと負けてしまうところだったわ！」

「えへへ、指にね！　集めるのが大きくなったの！」

「そうねー。魔力の循環をしっかり感じ取れてる証拠だわ。偉いわねー」

そう言ってフローラはリュークの頭を撫《な》でる。リュークも嬉《うれ》しそうに目を細めている。

するとそれを横で見ていたヴァリーが近づいてくる。

「よーし、リューク！　昼飯食べたら今度は父ちゃんと剣の練習しようか！」

「うん！　いいよ！」

「大丈夫リューちゃん？　今日は朝から魔法の練習していたけど？」

「大丈夫だよ！　剣の練習も楽しいし！」

「それならいいけど、あなた、くれぐれもリューちゃんに怪我《けが》をさせないように」

「お、おう。なんだよ信用ねぇな」

「あら、剣の練習二日目に加減を誤《あやま》ってリューちゃんの頭にタンコブ作ったのはどこの誰かしら？」

「うっ！　あれはその……リュークに一本取られそうになったからつい」

「リューちゃんの上達が想像以上だったからといって、まさか自分の息子に一本取られそうになって、挙句《あげく》に三歳児の子に本気になるって、呆《あき》れてものも言えないわ。かっこ悪い」

「おい、めちゃくちゃ言ってるじゃねぇか。言えないんじゃねぇのかよ」

「大丈夫だよ！　痛かったけどすぐ治った！」

「リューちゃんは良い子ねー。それなのにあなたったら……」

「おかしい……。昔言ってた『あなたったら……』と言葉は同じなのに意味が全然違う」

そう言いながら三人は家に入ってく。

そして昼ご飯を食べて、リュークとヴァリーは剣の練習をするため外に出る。フローラも一緒に外に出た。

「よし、リューク！　まずは前と同じ基本の型からだ！」

「うん！」

「まずは俺と同じ構えを取れ」

リュークとヴァリーは木刀《ぼくとう》を持つ。ヴァリーが構える。

「まずは正眼《せいがん》」

基本中の基本の構え。剣の先を相手の喉元《のどもと》に向けて構える。

「真っ向」

剣を振り上げ、相手の額《ひたい》めがけ真っ直ぐ《ますぐ》斬り《き》下ろす。

「次、八相《はっそう》」

剣を真っ直ぐ右耳の横に構える。

「逆袈裟《ぎゃくげさ》」

相手の右腹から左肩口に斬り上げる。

「逆八相」

八相の逆で、左耳の横に剣を構える。

「袈裟」

相手の左肩口から斜《なな》めに斬り下ろす。

「正眼、胴斬り」

　基本の型から、相手の胴を真っ直ぐ斬る。

「正眼、抜き胴」

　基本の型から、踏み込んで相手の胴を斬る。

「斬り上げ」

　刀《かたな》を返し真上に斬り上げる。

「米斬り」

　真っ向、袈裟、逆袈裟、胴斬り、斬り上げを一セットとして連続でやる。

　ここまでやって、ヴァリーは一度構えを解く。リュークも一緒に構えを解いた。

「これが剣の……いや、刀の構えだ。基本のこれらを覚えてあとは実戦の中でどう生かすか。そしてどう応用するかだな」

「わかった！」

「……うん、リュークは覚えが早くて偉いな。あとは精度を上げるだけだ」

　そしてリュークは今の型を、繰り返し始める。

「やっぱりリューちゃんって覚え早いわよね……」

「そうだな……俺が剣を始めたのは五歳の頃だが、今のリュークのところまでいくには半年ちょっとはかかった」

「まだ剣を始めて一カ月よ？　しかも三歳で……やっぱりリューちゃん天才だわ！」

「魔法の方もそうか？　やっぱり覚えるの早いか？」

「そうね、今のリューちゃんは私の七歳の頃かしら？」

「凄いな、お前その頃から神童とか呼ばれてたんだろ？」

「そうよ。それをリューちゃんは三歳よ。将来が楽しみね」

「本当に魔法剣士になれるな……リュークは」

そう言ってる間にも、リュークは剣の型を練習していく。

こうしてリュークは、史上最高の師匠《ししょう》二人の指導の下《もと》、その師匠すら驚かせるスピードで成長していくのであった。


リュークが魔法を習って六年、剣を習ってからは四年ほど経ち、リュークは七歳となった。

今日はリューク一人で森に出ていた。最近はもうこの森の魔物を一人で倒せるようになったので、魔物狩りをしている。

しかし、そんなリュークに気づかれず完全に気配を消してついてきている者がいた。

「今日もリュークは一人で冒険か……まあ大丈夫だろうけど、一応な、うん」

ヴァリーだった。とてつもなく過保護であった。

この魔の森をもう一人で冒険できるようになったリュークも、そんなリュークに気づかれずに尾行しているヴァリーも、どれだけの強者《つわもの》かがわかるような光景だった。

「最近はドラゴンばっか狩ってたから、今日は違うのがいいかなぁ……」

そんなことを言いながら魔物を探していると、リュークはある魔力を探知した。

「お、この魔力……あいつだ！」

そう言ってリュークは駆け出した。

数十秒ほど走っていったところに、人の姿をした魔物がいる。

しかし、体長は四メートルほどあり、顔が人間の顔ではなく牛の頭であった。

――ミノタウロスだ。

ドラゴンほどではないが、相当危険な魔物であり、到底《とうてい》一人では倒せない魔物として知られている。

とはいえ、その世間《せけん》のミノタウロスへの評価を知らないリュークは平然としていた。

「こいつも美味《うま》いんだよな……ドラゴンより俺はこっちの肉の方が好きだな！」

そう言ってリュークは腰に携《たずさ》えていた木刀を抜く。

――抜刀《ばっとう》。その動きだけで一流の者は相手の実力をある程度見抜くことができる。

一流の使い手が今のリュークの抜刀を見れば、相当な手練《てだ》れだと気づくであろう。

しかし、そんなことも知らないミノタウロスはいきなり目の前に来た小さな生き物を殺そうと、両手を振り下ろす。

リュークの身体《からだ》ぐらいある大きな拳《こぶし》が真っ直ぐに振り下ろされる。

リュークはミノタウロスの攻撃を見切り、木刀を構える。

木刀と拳が衝突した瞬間――ミノタウロスの両手は横へと流れていた。ミノタウロスは体勢を崩《くず》し、前のめりになる。

リュークはそこを狙《ねら》い、間合いに入った顔面に木刀を突き刺す。木刀はミノタウロスの目を正確に貫《つらぬ》き脳へと達する。

脳を破壊されたミノタウロスは、断末魔《だんまつま》の叫びをあげることもなく絶命した。

「よし、終わり！」

そう言って木刀を振り、付いた血を払う。普通の人ならそれだけでは血は落ちない。これだけでリュークの技術の高さが窺《うかが》える。

「あとはこいつを異空間に入れて……」

そう言ってリュークがミノタウロスに手のひらを向けると、一瞬でその大きな身体が消えた。

これは時空魔法といって、物を不可視《ふかし》の収納空間に入れられる魔法である。生き物は無理だが、死体は入るのでミノタウロスを一旦《いったん》そこに収めたのだ。

「よし、今日は結構見つけるのに時間もかかったし帰るか」

そう言ってリュークは来た道を戻り始める。

そしてヴァリーも先回りして急いで家に帰った。

十分ほど歩くと、家が見えてきた。

「母ちゃん！　父ちゃん！　ただいま！」

「あら、お帰りなさいリューちゃん」

「おう、お帰り」

フローラは外で洗濯物を干していて、ヴァリーは横で何事もなかったような顔で木刀を振っていた。

しかし実際は、リュークより早く帰るために急いで帰ったのでちょっと汗《あせ》をかいてしまい、それを誤魔化すために木刀を振っていたのである。

フローラはそれを見て少し呆《あき》れながらも、穏《おだ》やかな顔で笑っていた。

「母ちゃん母ちゃん！　今日はミノタウロス狩ってきたよ！　ほら見て！」

そう言ってリュークは異空間からミノタウロスを出した。

「あらあら、結構大きいわね。ミノタウロスも久しぶりね。ミノタウロスは牛よりも美味しいから私は好きよ。ありがとうねリューちゃん」

「えへへ、どういたしまして！」

「うむ、良い剣筋だったぞ！　完璧な仕留《しと》め方だった。攻撃を流したところも巧《たく》みだったな」

「うん！　あれ？　なんで知ってるの？」

「うん？　あ、いや、その……今日はミノタウロスのステーキだなリューク！　母ちゃんのステーキは好きか？」

「うん！　好きだよ！」

「あはは、それは素敵《すてき》だな！　ステーキなだけに！」

「もうあなたったら……」

動揺してそんな寒い親父《おやじ》ギャグをぶっ放すヴァリーであった。

すでにリュークは史上最高の二人に、剣と魔法を教えてもらってから数年が経っていた。


——そして、リュークは十六歳になった。身長も伸びて、一七〇センチほどになった。

この世界の男性の平均身長が一八〇ちょっとだから、まだ少し小さいかもしれない。

顔も母親譲《ゆず》りの綺麗な顔立ちをしていて、まだ幼《おさな》さが残る感じである。

自分に似ているのは髪色だけなのが、親バカのヴァリーが落ち込むところでもあった。

そんなリュークが今、旅立とうとしている。それは人生で始めての行動で、リュークはこの森——魔の森から出たことはない。

両親ともに世界を見てこいと言い、リュークは一人旅に出ることになった。

ヴァリーは旅に同行しようと思ってこの提案をしたわけだが、フローラにリュークなら大丈夫だろうと説得され渋々《しぶしぶ》一人旅を認めた。

「リューちゃん、忘れ物はない？　ハンカチ持った？　水筒は？」

「持ってるよ母ちゃん。ちゃんと異空間に入ってるから」

「リューク、木刀もスペアが一本入ってるな？」

「大丈夫だよ父ちゃん。しっかり持ってる」

「リュークならそれで大体の敵を倒せると思うが、一応街に出たら真剣を買うんだぞ？」

「うん、わかった」

「そうね……リューちゃんなら魔法の杖《つえ》とかもいらないけど剣だけは買っときなさい」

「あれば、やはり刀がいいと思うぞ。刀の方がお前に合ってる」

「うん、わかった。使いやすいのがあればいいな」

「父ちゃんが鍛治《かじ》をできれば良かったんだがな……」

「父ちゃんが作った木刀も使いやすいよ？」

「うん……まあそれは良かった。だが本職の人には及ばないからな」

ヴァリーとフローラは、これから数年会えなくなる愛《いと》しい息子との会話をなんとか長引かせようとしてしまう。

しかし、リュークはもう旅立とうとしていた。

「じゃあ行ってくるよ、父ちゃん、母ちゃん」

「リューちゃん……わ、忘れ物はない？　ハンカチ持った？　水筒は？」

「それさっき聞いたよ母ちゃん……」

「もう行くのかリューク……」

「うん、もう行くよ。一回も森を出たことなくて世間《せけん》知らずだけどね」

「ああ、しっかり学んでこい……リュークなら大丈夫だ」

そう言ってヴァリーはリュークの頭を撫でる。少し雑で乱暴な撫で方だが、リュークはそれがまた好きだった。

「リューちゃん、私の、私たちの愛しい息子……貴方《あなた》なら何も心配ない、頑張ってね」

「うん、母ちゃん」

フローラはリュークを抱き締める。今までで一番長く、強く抱き締める。

しばらくして、フローラが名残惜《なごりお》しそうに身体を離す。

「じゃあ行ってきます！　母ちゃん！　父ちゃん！」

「いってらっしゃい、リューちゃん」

「立派な男になってこい」

最後に別れの言葉を告げ、リュークは二人に背を向ける。そして一度も振り向くことなく森の奥へと進んでいった。

しばらくすると、リュークの姿は見えなくなった。

「行ったわね……リューちゃん」

「そうだな……」

「私……今までいろんな別れをしてきたし、この森に来るときは両親にも別れを告げずに来たけど、こんなに寂《さび》しい思いは初めて……」

「……俺もだ」

「心配ないとか言ったけど……やっぱり心配ね。怪我しないかしら。病気になったりしないかしら」

「リュークはここ数年怪我も病気もしたことないだろ？　怪我しないのは強くなった証拠だし、病気なんてあれだろ？　体内の魔力を操《あやつ》ってなんかしてるんだろ？」

「ええ、そうね。私が教えた技《わざ》で病気にかからなくするものがあるわね……それでも魔力が尽きたら……」

「あいつが魔力尽きたところ俺見たことないけど？」

「……私もないわ。……よく考えたら心配する要素ないわね」

「そうだな、剣なんか俺とほぼ互角だぜ？」

「最近だと貴方の方が負け多くない？」

「魔法で身体能力上げられるとちょっとな。素《す》でも時々負けるし」

「私、身体能力上げる魔法教えたことないのだけれど……私自身必要としなかったし」

「俺、まだ現役だと思うんだけどな、まだ四十だぜ？　筋力も勘《かん》も少ししか衰《おとろ》えていないはずなのにな」

「あら？　私と貴方って同い年だったの？」

「え、今更《いまさら》？　知らなかったの？　俺は知ってたけど」

もう全くリュークのことを心配していない薄情な両親だった。

「ここらへんから先に行ったことはないかな」

その頃リュークは、順調に森の外に向かって進んでいた。今まで来たこともない場所なので、初めて見る魔物もいる。

それでも、瞬時に相手の弱点を見抜き、そこを木刀で切り裂き、突く。

そうして、とうとう森の外に出る。

リュークが出たところは、崖《がけ》みたいなところだった。崖の先端に立ち、辺《あた》りを見渡す。

「おー！　見渡す限りの草原！」

ただただ草原が広がっていた。

草原の向こうには夕陽《ゆうひ》がまだ地平線から半分顔を出していた。辺りの緑を夕陽が紅《あか》く染めている。

「綺麗だな」

そう一人で呟いてしまうほど、その光景は幻想的で美しかった。この景色を一生忘れない、そう心に決める。

崖の先から下を覗《のぞ》く。その高さは三十メートルほどだろうか。

「よし……行くか！」

リュークは崖から飛び降りた。

「俺の冒険はこれからだ！」

第2章　冒険の始まり

「と言って飛び出したはいいけど……またすぐに森かよ」

あれから草原を歩いて数時間、完全に日が落ちたので異空間からハンモックを出して寝た。

そして日が昇り、また数時間歩くと森が現れた。

「戻ったわけではないよな……魔法で方角は確認してるし。まあいいや、進むか。こっちの方角に街があるって母ちゃん言ってたし」

「そこで冒険者ってやつになれば俺なら大丈夫とか言ってたけど……冒険者ってなんなんだろ」

そう言いながらまた森を進む。

そしてさらに一時間ぐらい歩くと、異変を感じた。

「ん？　魔力探知に魔物じゃない反応が……もしかしてこれは人間の魔力か？」

初めて両親以外の人間の魔力を探知する。その大きさは魔法使いのフローラはともかく、剣士のヴァリーよりも小さかった。

しかしその直後、すぐに魔物らしき魔力を数個探知した。どうやら魔物に追われているらしい。

「おっと、これは急がないとな……魔法使うか」

そう呟くと、無詠唱《むえいしょう》で魔法を使う。

「『次元跳躍《ワープ》』」

詠唱破棄《はき》で魔法名だけ唱《とな》えると、リュークはその場から消えた。

この魔法は時空魔法の一種で、自分の体を自分が探知できる魔力の範囲内だったら瞬時に移動できるというものである。

普通の魔法使いは魔力探知すらできない。できたとしてもせいぜい数十メートルだろう。

しかし、リュークは類を見ない才能と努力で半径二キロメートルの魔力探知が可能になった。

移動もこのワープを使えばいいと思うだろうが、この魔法は膨大《ぼうだい》な魔力を使うためリュークでも一日十数回が限度である。だから、緊急時しか使わないのである。

まずリュークの目に映ったのは――魔物の姿。

人型で、肌《はだ》は緑っぽく身長は一メートルほど、醜悪《しゅうあく》な外見である。俗《ぞく》に言う、ゴブリンである。

ゴブリンは低級の魔物として知られ、おおよそ大の男二人で一匹を倒せる。

しかし、今その数は七匹。一人の人間が対応するには多すぎる数だ。

リュークはゴブリンを初めて見た。だからその正確な強さがわからない。ただ魔力を感知する限り、そこまで強くないと思われる。

しかし、油断してやられるわけにはいかない。だから少し強い魔法を使うことにした。

「『超音衝撃波《ソニックブーム》』」

無詠唱で使った魔法は、風魔法。大気を震わせて超音波を起こす。

普通の魔法使いが使えば、最高でも人間の鼓膜《こまく》が破れるくらいの威力《いりょく》しかない。

しかし、リュークが使うと目の前の七匹のゴブリンたちは吹っ飛んだ。数十メートルも飛び、地面に落ちた時には皆、肉片に変わっていた。

リュークは魔物が死んだことを確認して、後ろを振り向くと、助けた人がいた。女の子だった。

その子は女の子座りで呆然《ぼうぜん》とこちらを見ていた。

幼《おさな》い顔立ちで可愛《かわい》い子である。

金髪のショートカットで、碧眼《へきがん》であった。歳《とし》は自分より下みたいで、身長も一三〇センチぐらいだろうか。

リュークは近づいて話しかける。

「大丈夫か？　怪我《けが》は？」

「あ、うん……ありがとう」

リュークは女の子に手を伸ばす。

するとと呆然としていた女の子は、ハッと正気づき、リュークの手にすがる。

「お、お願い……お姉ちゃんを助けて！」

そう言って彼女はさらにリュークの足にしがみついた。

「……何があったんだ？　お姉ちゃんがどうした？」

「お姉ちゃんと私……森に薬草採《と》りに行って！　それでゴブリンに襲《おそ》われて捕まって……洞窟《どうくつ》に連れてかれたんだけど、お姉ちゃんが逃げろって……それで私だけ逃げて……」

言いながら女の子は眼《め》に涙を浮かべる。

「お姉ちゃんが私だけ助けてくれて……お願い……お姉ちゃんを助けて！」

「わかった、すぐ行こう」

「……助けてくれるの？」

涙に濡《ぬ》れた目を見開いて、女の子は言う。

「その洞窟、ゴブリンが何十匹もいて……危険で……」

「それならなおさら早く行かないと、場所は？」

リュークは迷うことなく助けると断言する。

「……ありがとう……っ！」

女の子は堪《こら》えきれずに、リュークの目を見ながら涙を零《こぼ》す。

「その言葉はお姉ちゃんを助けてから言うんだな。それで場所は？」

「う、うん！　あっち！」

女の子は自分が逃げてきた方角を指差す。リュークは魔力探知をしてみるが、魔力の気配はない。どうやら女の子は結構な距離を逃げてきたようだ。

「俺に掴《つか》まれ！」

「え？　う、うん……」

女の子は戸惑《とまど》いながらもリュークが差し出した手を握る。

「『次元跳躍《ワープ》』」

リュークが魔法名を唱えると、女の子が指した方角へと移動した。

森の中なので景色はほぼ変わらなかったが、ちょっとした浮遊感に女の子は驚く。

そして魔力探知をすると、魔物の反応が数十匹もあり、その中に人間の魔力が一つある。

この女の子のお姉ちゃんのものだろう。

リュークはすぐさま魔法を唱えて、反応のあるところへもう一度ワープした。

そうして最初に目に入った光景は、倒れていながらもこちらを見て驚いている女の子の顔。

そしてその近くにいる、何匹かのゴブリンの顔である。

次の瞬間――周りにいたゴブリンの首が飛んだ。リュークが瞬時に抜刀《ばっとう》し、その頸《くび》を切ったのである。

木刀《ぼくとう》であるが、リュークほどの実力がある者が振るうと斬《き》れ味は真剣をも上回る。

首が飛んだゴブリンの数は八匹。リュークの目の前に五匹、後ろに三匹である。

瞬時に周りにゴブリンがいなくなった。

女の子も目の前にお姉ちゃんがいきなり現れたので驚いていたが、一番驚いたのはやはりお姉ちゃんだろう。

「アナ!! どうしてここに!?」

お姉ちゃんがそう叫ぶ。どうやら女の子の名前はアナというらしい。

そういえば自己紹介も何もしないままここに来てたな、とリュークは思った。

「お、お姉ちゃんを助けに……」

「助けにって……どうやってここに？ それにこの人は誰？」

「俺はリュークだ。アナちゃんにお姉ちゃんを助けてと言われてここに来た」

「なんでアナを連れて来たの!? 私が犠牲《ぎせい》になった意味ないじゃない！ 早く逃げてアナ……っ！」

「お姉ちゃんも一緒に逃げようよ……っ！」

「駄目、まだ奥にいっぱいいるから……」

「とりあえず、洞窟出るか」

リュークはそう言うと座り込んでいる二人の肩を掴んで、ワープする。

次の瞬間には、洞窟から二キロほど離れたところに三人はいた。

アナは目の前の景色が変わることに多少慣れていたが、お姉ちゃんの方は突然の出来事に驚愕《きょうがく》する。

「あれ……？　えっ⁉　ここどこ？　なんで森の中に？」

「俺が魔法で移動した。もう洞窟から結構離れたから魔物の心配はない」

「魔法で移動って……そんな魔法あるの？」

「ああ、そうだな。普通にあるぞ」

「お姉ちゃん！」

アナがそう言ってお姉ちゃんに抱きつく。

お姉ちゃんはしばらく呆然としていたが、だんだん助かった実感が湧《わ》きだしたのか、アナを抱きしめて泣き出す。

「良かったよお姉ちゃん……！」

「うん……！　ありがとうアナ……！」

「私のおかげじゃないよ、お兄ちゃんのおかげだよ」

「そうね……ありがとう、リュークさん」

「リュークでいい、無事で良かった。えっと……」

「ああ、自己紹介がまだだったわね」

お姉ちゃんとアナは泣くのを止《や》め、立ち上がってリュークと向かい合う。

「私の名前はアン。本当に助けてくれてありがとうリューク」

「ありがとうお兄ちゃん！」

そう言って礼を言うお姉ちゃんのアンと妹のアナ。

二人の顔は瓜二つ《うりふた》。ただアンは髪の長さが肩ぐらいまである。

そして一番の違いは身長だろうか。アンの方は一五〇センチぐらいで、アナは一三〇センチぐらい。

「ああ、どういたしまして」

「それにしても、さっきの移動の魔法、凄《すご》いわね……今までいろんな魔法見たことあるけどさっきみたいなのは見たことも聞いたこともないわ。何属性なの？」

「時空魔法だな」

「時空魔法⁉　たしか数億人に一人しか適性がないと言われる……あの？」

「そうなのか？　それは知らなかったけど、俺の母さんもできるぞ？」

「凄いわね……遺伝かしら？」

「ねぇねぇ！　お兄ちゃんって何歳なの？」

アンとリュークが二人で喋《しゃべ》っているので寂《さび》しかったのか、割って入るアナ。

「ん？　十六歳だぞ」

「そうなの？　もっと上に見えたわ、落ち着いてるし。じゃあ私たちと一緒じゃない」

「お兄ちゃん同い年なんだ！」

「お、そう見えるのか。ん？　私たち……？」

リュークはその言葉に違和感を感じた。

「あら、気づかなかった？　私たち双子《ふたご》よ？」

「双子!?」

目を見開いて驚くリューク。それはそうだろう。どう見ても二、三歳は離れてそうな身長差だ。

「あ、お兄ちゃん私の身長が低いからお姉ちゃんより年下って思ったでしょ！」

「あ、いやその……悪いな」

「いいよ別に！　慣れっこだし！」

そう言って満面の笑みを見せるアナ。

「そうだリューク、お礼をさせてくれない？　ここから数キロ行ったところの街にある私たちの家に来てほしいわ」

「お兄ちゃん一緒にご飯食べよー！」

「ああ、俺も街に行きたかったからな。案内してくれると助かる」

そう言って三人は、街の方角に歩いて行った。

森を抜けて街へと向かって数時間が経《た》った。

「え!?　リュークは冒険者じゃないの!?」

アンはリュークがまだ冒険者登録してないと聞いて驚いている。

「まあそうだな、ずっと森の中で住んでたし」

「森?　さっきの森の中でってこと?」

「いや、さっきの森よりずっと向こうの方だ」

「私たちそこまで行ったことないからわかんないよ、ねぇお姉ちゃん」

「そうね、ここからあっちに行くと魔の森があるけど……まさかそこじゃないだろうし」

正解を言っているアンだが、リュークも自分が住んでいた森の名前を聞いたことがないので、答えようがない。

「名前は知らないけど……まあ、ずっと森の中に住んでたから、街のこととかわかんないんだ」

「それなら私たちが教えてあげるよお兄ちゃん!」

「そうか!　ありがとな、アナ」

「ん、えへへ」

リュークはアナの頭を撫《な》でる。アナも気持ち良いのか、目を細めて受け入れる。

やはりリュークはアナが年下な感じがしてならないが、同い年らしい。

「あ、見えたわよリューク！　あれが街の外壁！」

「んー、おー、そうだな」

「……なんか反応薄くない？」

「いや……俺ちょっと前から見えてたし」

「それなら先に言いなさいよ！」

「外壁が大っきい街はそれだけいろんな面で発達してるんだよ、お兄ちゃん！」

「おー、そうなのか」

「そうしないと街の人が安心して暮らせないしね」

そしてもう少し歩くと、外壁の全貌《ぜんぼう》が露《あらわ》になってきた。

街を囲む外壁は、高さ約二十メートル。リュークたちの目の前には、大きな門があった。外壁の半分、約十メートルの高さの門。

その右手に、小さな門がある。そこは開きっぱなしになっているようだ。どうやら通常はそこから出入りするらしい。

「なんであんな大きな門があるんだ？」

「国の偉《えら》い人なんかが来る時とかにあの門は開くんだよ」

「あー、なるほど」

リュークたちは小さな門の方に行く。門番らしき人に話しかける。

「門番さーん、入りたいんですけど」

「ん、じゃあ身分証を」

「はい」

アンとアナは身分証として、冒険者ギルドのものを所持していた。

しかし、リュークはそんなもの持っていない。

「俺持ってないんだけど門番さん、どうすればいい？」

「ん、どっかの村出身か？　じゃあ待っててくれ」

門番さんは街の中に入って行き、戻ってきた時には人の頭ほどある玉を持っていた。

「これに触れてくれ」

「なにこれ？」

「『真実の玉』」

「真実の玉？」

「リューク、これも知らないの？　触った人の犯罪歴とか種族とかがわかるのよ」

「へー、便利だな」

そう言ってリュークは玉の上に手を置く。

「……ん、犯罪歴も特に問題なし。入ってもいいが身分証はどっかのギルドとか入って早く作れよ」

「了解、ありがとう門番さん」

「ん、じゃあ……ようこそ！　ヴェルノへ！」

門番さんはリュークたちを門の中に迎え入れる。

すると賑《にぎ》やかな商店街が目に飛び込んでくる。

「人がいっぱいいるな！」

「こんぐらい普通だよ？」

「俺は森の中に住んでたからこんなに人がいっぱいいるところを見るの初めてだな……てかそもそも両親以外の人間に会ったのはお前らが初めてだ」

「それも凄いわね……まあとりあえず冒険者ギルドに行きましょうか」

「ギルドでお兄ちゃんの身分証とランク決めしないと！」

「ランク決め？　なんだそれ？」

商店街を歩き、三人は冒険者ギルドへと向かっている。

「それも知らないのね……冒険者にはランクというものがあるの。G級から始まって、F、E、D、C、B、Aと続いて、最高ランクがS級」

「へー、どういう意味があるんだそれには？」

「ランクによって受けられる依頼とかが決まってるの。低いランクだと街のお手伝いとかで、高いランクだと魔物討伐《とうばつ》とか」

「私とお姉ちゃんはF級で、薬草の採取とかが依頼であるの！」

「そうか、便利だなそのランク決めというのは。どうやって分けるんだ？」

「ふふふ、行ってからのお楽しみよ」

こうしてリュークたちが話していると、冒険者ギルドに着いた。

ここの街は大きいので、冒険者ギルドの建物もそれなりの規模だ。

建物の中に入ると、正面にカウンターがあり、右手には紙などがいっぱい貼《は》ってある壁があった。どうやらあれを見て依頼を決めるらしい。

左手にもカウンターがあった。その向こうにはいくつものテーブルや椅子《いす》があり、何人か人がいた。

アンに案内されて、リュークが最初に行ったのは正面のカウンターであった。その窓口にいる人にアンが話しかける。

「メリー、帰ってきたわよ」

「アン、アナ！　ちょっと遅くなかった？　あそこの森で薬草採取でしょ？」

アンがメリーと呼んだ人物は、このギルドの受付嬢である。

メリーは茶色の長い髪の少女で、顔立ちは整っていて可愛い。

そしてリュークにとって一番気になったところは――頭から獣《けもの》のような耳が生《は》えていた。

メリーは獣人《じゅうじん》であった。犬の耳のような形をしていて時々ピクピクと動いていた。

「あのねメリー！　私たちゴブリンに捕まっちゃって……それでお兄ちゃんが助けてくれたんだ！」

「え、ゴブリンに⁉　そうだったの……えっと、そこの人？　お兄ちゃんってのは……」

「あぁ、俺だな。リュークだ、よろしく」

「メリーといいます。アンとアナとは一緒に住んでるんです」

「あ、そうなのか。だから仲良いのか」

「はい。アンとアナを助けて頂きありがとうございます！」

「うん、どういたしまして」

「メリー、それでね、リュークを冒険者登録してほしいの」

「え、してなかったのですか？」

「ああ、森の中に住んでたから」

「わかりました。ではこの書類に必要事項を書いてお待ちください」

メリーから紙とペンを渡される。リュークは名前を書き、住所のところは「森の中」と書いた。

そして職業は、「魔法剣士」と書いた。

「え！　お兄ちゃんって魔法剣士なの⁉」

その紙を覗《のぞ》き込んでいたアナが声を上げた。

「ああ、そうだぞ」

「え、魔法剣士……？　リュークは剣も扱えるの？」

「あれ？　ゴブリンを倒したのは刀《かたな》だったけど」

「え、お兄ちゃん魔法だったじゃん！」

「あ、いやアナを助けた時は魔法だけど。アンを助けた時は刀でゴブリン斬ったぞ？」

「え、ゴブリンを倒したの刀？　だって、八匹ぐらい一気に倒してたわよね？　あれ魔法でやったんじゃ……ていうか刀抜いてるところ見なかったわよ？」

「ちゃんと刀で斬ったんだが……」

実際にリュークは刀でゴブリンを倒した。

しかし、アンとアナには抜刀《ばっとう》からゴブリンの首を斬り、刀を納めるまで、全く見えなかったのだ。だから二人は魔法でやったと勘違《かんちが》いしていた。

そしてリュークは、自分の刀が二人の目が捉《とら》えきれないほどの速度を出しているとは知らない。

そこでのすれ違いで、このような嚙《か》み合わないやりとりになってしまっている。

「おいおい、魔法剣士だって？」

三人が話していると、背後からそんな声が聞こえる。

振り返ると、柄《がら》の悪い男が三人立ってニヤニヤと笑っていた。

「魔法剣士って、どっちもちょっとしかできない奴《やつ》がやってるものだよな!?」

「ははは！　そうだな！　前にも魔法剣士とか言ってたやつを俺らがボコボコにしてやったぜ！」

「あいつは剣も下手だったし、魔法なんてそよ風ぐらいしか出せない奴だったからな！　そこのひょろっちい男もそんなんだろ！」

そんなことを三人はギルド内のみんなに聞こえるように言っている。

それを聞いて、ギルド内にいるほとんど全員がリュークたちの方に注目した。

男たちがリュークに絡《から》んだ理由は、ただの嫉妬《しっと》であった。

このギルドで可愛くて有名なアンとアナと仲良さそうに話しながら入ってきて、さらにはメリーという看板《かんばん》受付嬢とも親しげに話していたリュークに、嫉妬していた。

そしてそのリュークが、魔法剣士という、三人が前にボコボコにした男と同じ職業らしいとわかったのをキッカケに絡んだというわけだ。

「お兄ちゃんは強いんだよ！　ゴブリンなんて敵じゃないし！」

「はっ！　凄さを表すのにゴブリンだってよ！」

「それなら俺らだって余裕だわ！」

「アナ、相手にしなくていいのこんな奴ら」

アナが悔《くや》しそうに男たちを睨《にら》む。アンはこういう奴らに慣れているのか不干渉《ふかんしょう》を貫《つらぬ》く。

そうこうしているうちに、リュークの書類を手に中座していたメリーが戻ってきた。門番と同じように、人の頭ほどの玉を持っている。

「お待たせしました、リューク様！　これでランク決めをいたします！」

「これ？　真実の玉で？」

「これは真実の玉じゃないのよ。『ランク決め玉』」

「なんかそのままだな……」

「うふふ、私の名前を聞くとみんなそう言うわ」

「……ん？　今誰が喋った？」

今この場にいる誰も口を開いていないのに声が聞こえた。

リュークは周りを見渡すが、やはり誰も喋った様子はない。

「私よ、私。『ランク決め玉』よ」

「…え!?　喋れるの!?」

「うふふ、初めての人はみんな同じ反応するから面白《おもしろ》いわ」

声はたしかに『ランク決め玉』から聞こえていた。

「へー、凄いなこれ」

「この玉でランク決めをします。やり方は真実の玉と同じように、玉に触るだけです」

「そしたら私があなたのランクを決めてあげる」

「へー……なんかどっかで聞いたことある声と喋り方なんだよな……」

「これは魔帝様がお作りになったのですよ」

リュークは玉の声に違和感を覚えたが気にしないことにした。

「ではリューク様、お手を乗せてください」

「はっ、どうせＧ級とかＦ級とかなんだろ？」

「俺らは最初Ｄ級だったぜ」

「お兄ちゃんは絶対Ｃ級いくよ！」

「はっ、見ものだなこりゃ！」

「リューク、別にプレッシャー感じなくていいわよ。ただ手を乗せるだけ」

リュークのランク決めを楽しみにしているアナ。別の意味で期待している男三人ども。心配するように言ってくれるアン。

そしてリュークは、ちょっと緊張しながらその玉に手を置いた。

「うふふ、さて今回の新人さんはどうかし……っ！」

ランク決め玉が言葉を止める。みんながランク決め玉の次の言葉を待ちわびている。

そして——ランク決め玉が口を開く。

「……ＳＳ級」

ギルド内の——空気が止まった。ランク決め玉の言葉に疑問を抱く。

「は、はぁ!?　ランクはS級までだろ!?　なんだよSS級って!?」

全員が疑問に思うことを、三人の男の一人が口にする。

ギルド内のほとんどすべての人が、『SS級』というランクなど聞いたことがなかった。

「ラ、ランク決め玉が壊れたんじゃねぇのか？」

「そ、そうだ！　そんなランクねぇだろ！」

「いや、SS級は実際に存在する」

男たちが騒いでいるところに、低い声が響いた。

声がした方向を見ると、受付カウンターの奥から一人の男が出てきた。

顔に大きな傷跡があり、厳《いか》つい印象を受ける大男である。

「ギルドマスター！」

受付嬢のメリーがその男を見て叫ぶ。

「ギルドマスター？」

「ギルドマスターは、この街の冒険者ギルドで一番偉い人よ」

リュークが知らないのを察し、アンが小声で教えてくれる。

「ギルドマスターのゴーガンだ。よろしくな、リューク……だったか？」

「こちらこそ、リュークだ。よろしく」

「さて、リュークはとりあえず奥の部屋に来てくれるか？」

「ま、待てよギルドマスター！」

しばし空気と化していた男三人の一人が待ったをかける。

「SS級なんて、本当にあるのか⁉　みんな聞いたことねぇよ！」

「ああ、過去に二人いた」

その二人という言葉を聞いて、何人かは察することができた。アンもその中の一人だった。

「まさか……」

「そう、剣神と魔帝だ」

その名を聞いて、ギルド内の全員が息を呑《の》み、そして納得した。

確かにその二人ならば、『SS級』という規格外のランクなのも頷《うなず》ける。

「じゃあ、このガキはなんでSS級なんだ！　尚更《なおさら》おかしいじゃねぇか！」

「そうだ！　やっぱりランク決め玉が壊われてるんじゃ――」

「――いい加減にしろ」

男たちが騒ぎ始めたところで、ゴーガンの低い声が響く。

その声は殺気がこもっており、ギルド内のほとんど全員が足を竦《すく》ませる。

その殺気をまともに受けた男三人は、顔を青くして後ずさる。

「『ランク決め玉』を魔帝様が作ってからギルドのランク決めが簡単に、そして正確になった」

「ランク決めを不満に思った奴がいても、そのランクより上の者と戦って勝った者は一人もいない。例外が一切《いっさい》ない。事実、お前らがそうだっただろ」

その言葉に男三人は一言《いちごん》もない。

この三人は昔、Dランクとされたことに不満を言って、Cランクの者と戦い、負けている。

こういう事例は多数報告されているが、今まで下のランクの者が上のランクの者に勝ったということは一回もない。

「わかったら黙ってろ」

ゴーガンは三人にそう言い放ち、目でリュークについて来いと促《うなが》して、カウンターの奥に消えていった。

「ちょっと行ってくるな、アン、アナ」

二人に声をかけて、リュークはカウンターの中に入れてもらい奥の部屋へと向かう。

そのドアを開けると、ゴーガンがソファに座っていた。

「俺の向かいに腰かけろ」

そう言われ、ゴーガンの前にあるソファに座る。

「いきなり悪かったな、無理やり来させて」

「いや、大丈夫だ」

「……やはりSS級とランク決めされるだけあって、肝《きも》が据《す》わっている」

「そうか？　普通じゃないか？」

「普通の人間は、俺の殺気になんかしら反応はするんだよ」

さっきのゴーガンの殺気に、リュークだけが全くの無反応だった。否《いな》、反応はしていた。

実は一瞬で戦闘準備に入っていたのだけれど、ゴーガンにはその反応が見えていなかった。

ゴーガンはリュークが戦闘準備に入った瞬間すら捉《とら》えられなかったのだ。二人の実力の差は大きい。

「あんぐらいの殺気、日常茶飯事《さはんじ》だったからな……てかあれより全然強いのもあったし」

「……言うことが違うなぁ、流石《さすが》だぜ」

「さて、呼び出したのは二つの連絡事項があるからだ」

早速《さっそく》、ゴーガンが本題に入る。

「一つは、お前のさっきのランク決めの結果だが冒険者ギルドの本部や他の街の冒険者ギルドに情報が送られている」

「へー、そうなんだ」

「あぁ、『ランク決め玉』は冒険者ギルドに一つずつあり、Cランク以上の者が現れたら、自動的に認定した『ランク決め玉』がその情報を他の玉に送ることになっている」

「本当に便利だなぁ、あの玉」

「だから今、本部や他のギルドで大騒ぎだろうな。この街でSS級という剣神と魔帝以来のランクの者が現れたんだから」

そう言ってゴーガンは他のギルドにいるギルドマスターの驚いた顔を想像して、豪快に笑う。

「まあこれが一つ目だ。C級以上になった奴ら全員に伝えてる」

「じゃあ、もう一つは？」

「こっちはB級以上のランク全員必須《ひっす》なことなんだが……」

ゴーガンは今までと違い、少し緊張した面持《おもも》ちで話を切り出す。

「お前さん、人を殺したことは？」

いきなりの質問に面食《めんく》らいながらもリュークは答える。

「ん？　ないけど……」

「そうか……まあ普通はないよな」

「え、B級以上は人を殺さないといけないのか？」

「んー、言い方は悪いがそうだな」

「なんでだ……？」

「お前にはとある依頼を受けてもらわないといけない」

「依頼？」

「——盗賊《とうぞく》狩りだ」

ゴーガンがそう告げるが、リュークはよくわからないといった風に首を傾《かし》げる。

「とうぞくがり？」

リュークは聞き返した。

「盗賊を知らないのか？」

「ああ、知らないな」

なので、リュークは両親と共に、森の中でずっと生きてきたので世間《せけん》のことはほとんど何も知らない。

『盗賊』という単語を聞いたのも初めてだ。

「盗賊というのは……人を殺したり脅《おど》したりして、強奪行為をする輩《やから》どもだ」

「それは人か？　魔物じゃなくて？」

「ああ、人間だ。まあ獣人や魔人、エルフやドワーフの可能性もあるが……」

「人が人を殺すのか？　なんでだ？」

「……金がないとか、職を失ったなどいろんな理由で盗賊になる奴らがいるんだ」

ゴーガンはリュークの世間知らずぶりに少し驚いていた。盗賊というものを知らない奴は滅《めっ》多《た》にいない。

そして、同じ人間同士が殺し合うのも不思議に思ってる様子だった。

「そうなんだ……そしたらお金をあげたり、仕事をあげたりすればいいんじゃないのか？」

「そう簡単にはいかねぇんだよ。簡単じゃねぇから盗賊になっている奴らもいるんだ」

「……で、そいつらを殺せと？」

「そうだな、盗賊落ちした奴は全員死刑になる。だからその場で殺しても大丈夫、というか盗賊に会ったら殺さないと逆に殺される」

「……話し合いはできないのか？」

「普通はできない、たいていの盗賊は有無《うむ》を言わさず殺しにかかってくるからな」

リュークはやはり不思議に思う。

どうしてお金が必要なのか？

どうして仕事が必要なのか？

どうして盗賊落ちした人は殺さないといけないのか？

しかし、ゴーガンの話は進んでいく。

「B級以上の者は、物資を運ぶ商人を護衛《ごえい》することもある。その時に盗賊が襲ってきたりする。その場合、盗賊を殺さないとしっかりと護衛することができない」

「動きを封じればいいんじゃないのか？」

「まあそうなんだが……商人には、戦闘はできない。その人たちを守るためには殺すのが一番確実なんだ。その人たちを完璧《かんぺき》に守りながら盗賊を無力化できれば問題ないが……」

「じゃあ、問題ないな」

「なっ!?　できるのか!?　ま、まぁそうだよな、ＳＳ級だもんな。そんくらいできるか……」

話しているとリュークがあまりにも世間知らずだったので、ランクを忘れていたゴーガン。

しかし、実際は自分より数段上の実力者だ。

ゴーガンの目の前にいる男は、剣神と魔帝以来の『ＳＳ級』という規格外のランクを手にしているのだ。

「まあ、無力化できるならそれでいい。無力化して街に連行すればいい」

「ん、わかった。で、俺の初依頼は？」

「そうだな……物資を運ぶ商人の護衛ではなく、直接の盗賊狩りだ」

リュークの初依頼は次の内容であった。

この街、ヴェルノから隣街のチェスターに行くには山を越える必要がある。この二つの街の間では、物資が頻繁《ひんぱん》に運ばれていた。

しかしその山に最近、盗賊が住み着いてしまった。

ここ数年、物資を運ぶ山路で商人たちが襲われ、殺されて物資を奪われる事件が相次いでいる。

その盗賊たちはなかなかの強者《つわもの》で、Ａ級の三人組が護衛についた時にも襲われ、そのうち二人が商人と共に殺されていた。

なので、リュークへの依頼はそこの山へ行って盗賊狩りをすることである。

「こんな感じだ。わかったか？」

「ん、わかった。人数とかわかってるのか？」

「少数精鋭《せいえい》らしい。正確な人数はわからんが、十人前後。大規模な盗賊団だったら百人以上いるからな」

「そうなのか、まあなんとかなりそうだな」

「そして生き残ったA級冒険者によると……全員女らしい」

「女？　そうなのか？」

「あぁ、女ながらその強さは計り知れないものがある。いくらSS級といっても、初依頼だ。気をつけて行けよ」

「ああ、わかった。じゃあ、もう行こうかな」

「今から行くのか!?」

「え、そのつもりだけど？　まだ昼過ぎたくらいだし……」

「そんなに早くは無理だと思うが……まぁ、しっかり準備して行ってくれ」

「わかった。ありがとな」

そう言って、リュークは部屋を出て行った。

部屋を出てカウンターのところに戻ると、アンとアナがメリーと一緒に待っていてくれた。

「お待たせアン、アナ」

「お兄ちゃん！」

アナはリュークを見ると、正面から飛び込むように抱きつく。

リュークはその行動には驚いたが、衝撃を和《やわ》らげて受け止める。

「リューク、話ってなんだったの？」

「あー、初依頼のことだな」

「依頼……ですか？　あ、もしかして…」

メリーは受付嬢なので、B級以上に課される依頼のことを知っていた。

「盗賊を捕まえてこいだってさ」

「盗賊って……そんな危険なのが初依頼なの!?」

「お兄ちゃん、大丈夫？」

アナはリュークに抱きついたまま不安そうな顔で見上げた。すると自然と上目遣《うわめづか》いになる。

それを見ていたギルド内の男どもは、「うっ……」と何故《なぜ》か呻《うめ》いていた。

「大丈夫だ、アナ。心配すんな」

そう言って、リュークは安心させるためにアナの頭を撫でる。

するとアナは顔をほころばせて「えへへ」と笑みをこぼす。一見、兄妹のようだが、血も繋《つな》がっていないし、同い年である。

「おいリュークとやら！　俺らも連れてけ！」

突然後ろから騒々《そうぞう》しい声が聞こえてきた。リュークたちが振り向くと、先程絡んできた三人の男たちがいた。

「俺らは今C級だ！　盗賊狩りをやればB級に上がるかもしれない！」

「そうだ！　Ｂ級になったらいろんな特典が付いてくる！」

「依頼の報酬《ほうしゅう》が増えたり、ギルド内の飲み屋の食い物が安くなったりな！」

男たちはリュークの盗賊狩りについていき、自分たちのランク上げをしようと考えていた。

『ＳＳ級』という、謎めいた強さがあるというのも理解し、それなら盗賊狩りも楽に終わるだろうという考えである。

「……お前らの名前すら知らないけど、連れていって俺にメリットはあるのか？」

リュークは冷静にそう三人組に問いかける。

「そりゃお前、一人より四人の方がいいに決まってるだろ？」

「だな、盗賊を見つける時や、戦闘になった時でも四人の方がいいだろ？」

「そんなこともわからないとか、まだまだお子ちゃまだな」

三人組はニヤニヤしながら言ってくる。

「お前らなんか盗賊を見つける時も、戦闘になった時も助けになるとは思わないが？」

「は？　……なんだと？」

リュークは三人組に言い放つ。その言葉に三人組もニヤケ顔を止めて、リュークを睨む。

「お前らは、自分を起点に半径二キロを捜索できるか？」

「は？　何言ってんだ？」

「ドラゴンを倒せるか？」

「ドラゴンだと？　盗賊狩りに関係ねぇだろ」

「どちらもできないと、俺には足手まといなんだよ」

男三人組や、この言葉を聞いていたギルド内の人たちは驚く。

その発言は、リュークにはそれができる確信があるからのものである。

事実、リュークはそれを軽々とやってのける。

「そ、そんなことできるわけねぇだろ！」

「じゃあ、お前らはいらない」

「なんだと……！」

「それに、俺が依頼された盗賊はA級を二人殺しているらしいぞ。B級にも達してないお前らがいたからってどうこうなるものじゃないだろ」

その言葉を聞いて、今まで黙っていたアンが驚きの声を上げる。

「それってまさか……『鮮血の盗賊団』のこと!?」

「なんだそれ？」

「盗賊団の名前よ！　強い盗賊団や大きい盗賊団には、二つ名が付けられるの。その盗賊団は、商人たちを全員殺して物資をまるごと奪う。商人たちが襲われた場所に行くと、馬も馬車も何もなくて、あるのは商人たちの死体のみ。その身体《からだ》から流れ出る血で地面が赤く染まっている
……」

「だから『鮮血の盗賊団』ね……」

リュークはそもそも初耳なのでその二つ名を聞いても特に何も感じなかったが、他の者は違った。

「お、お前……そんな依頼受けてたのか!?」

「そんなの、お願いされても行かねぇよ！」

「行くぞ、お前ら！」

さっきまで連れていけと言っていた男たちも、盗賊団の名前を聞くとギルドから出て行ってしまった。

「いや、お願いしてないけどな」

リュークは男三人組が出て行ってから冷静にツッコミを入れた。

「お兄ちゃん？　大丈夫なの？」

「大丈夫って言ったろ？　アナ」

「リューク、私も心配だわ……そんな危ない盗賊団を一人でなんて……」

さっきまでリュークの能力を信頼して見守っていたが、盗賊団の名前を聞いてアンとアナが心配し始めた。

「私もついてく！　お兄ちゃん！」

「そうね、そうした方がいいと思うわ」

アナはリュークのことが心配でこんなことを言い出した。

いつもならこんな無茶を止めるアンも何故か賛成している。

「おいおい二人とも、さっき俺が言ったこと聞いてなかったのか？」

「聞いてたわよ。捜索でも戦闘でも私たちはいても無駄、むしろ足手まといになる」

「だったらなんで……」

「リュークはその盗賊団のいる山の場所わかる？」

「え、あ……」

そう言われると、リュークは答えられない。

この街、『ヴェルノ』と隣町の『チェスター』を行き来する時に越えなければならない山と聞いたが、どこにあるのか、よく考えるとこの街を出てどの方角なのかさえわからない。

「その山に行くには、ここから馬車でも半日はかかるわよ？」

「だから道案内としてついていくのはいいよね？　お兄ちゃん！」

「……はぁ、しょうがない。本当にわからないしな」

こうして、リュークはアンとアナを盗賊狩りに連れて行くということが決まった。

「それにしてもリューク、今から行くってどうするの？　もう馬車とかも出てないわよ？」

「あー、そういえば考えてなかったな……」

リュークは、その山はもう少し近くだと思っていたが、実際は馬で半日。距離にしたら五十キロ以上はある。

『次元跳躍《ワープ》』は一瞬で二キロほど移動できるが、リュークの膨大《ぼうだい》な魔力をもってしても十数回が限度である。ましてや、二人を連れているとなるとなおさらきつい。

どうしたものかと悩んでいると、隣で一緒に考えていたアナが何か思いついたようでリュークを見上げながら話す。

「そうだお兄ちゃん！　メリーがペット飼ってるから行けるよ！」

「ペット？」

「あ、そういえばそうね。あの子たちなら馬より速いしね。メリーお願いできる？」

今まで三人で話していたが、受付嬢のメリーはずっと三人の側にいた。

「……無視されてたなんて思ってないわよ」

「な、なんかごめんねメリー……」

「いいわよ……そうね、依頼の助けにもなるし、それにアンとアナを助けてくれたリュークさんに恩返ししないといけませんしね」

「恩返しって、そんな気にしなくていいが……だけど、ありがとうメリー。よろしく頼む」

「任せてください！　じゃあ私準備してくるから、アンたちは家で待ってて！」

そう言ってメリーはカウンターの中へ外出許可をもらうために入っていく。

リュークたちはギルドを出て、アンたちが暮らしている家に向かう。

「メリーのペットって？」

「説明してなかったわね。ひとまず、メリーが獣人ってことはわかるわよね？」

「まあそうだな。初めて獣人を見たけど、頭から犬っぽい耳が生えてたし」

リュークが犬を知っているのは、小さい頃に犬の魔物を飼っていたからである。

「メリーは犬の獣人じゃないんだよお兄ちゃん！　狼《おおかみ》なの！」

「おおかみ？　へー、そうなのか」

「そう、獣人は同じ種類の動物や魔獣《まじゅう》とは意思疎通《そつう》ができるの。それでメリーは魔獣の狼を飼ってる……というか友達なの」

「へー……ん？　魔獣？　魔物じゃなくて？」

「お兄ちゃん、魔物と魔獣の違いわからないの？」

「本当に何も知らないのねリューク は……」

「あはは、悪いな。で、魔物と魔獣の違いってのは？」

「簡単に言うと、魔物は人間や獣人にとって害で、魔獣は害ではないって感じね。だから魔獣はペットとして、一緒に暮らせたりもするの」

「魔獣は頭が良いと私たちの言葉もわかるの！　だから一緒に物を運んだり、一緒に戦ったりもするの！」

「へー、すげぇんだな魔獣って」

そんな説明を受けながら歩いていき、アンたちが暮らしている家に到着した。

特にこれといった特徴もない、ごく普通の一軒家だった。

周りにも同じような一軒家が並んでいる。

「メリーもすぐに来ると思うから、家の外で待ってましょう」

アンがそう言ったので、リュークたちは家の外で待っていた。

しばらくして、アナがさっき歩いてきた方向を指さす。

「あ、メリー来たよ！」

リュークとアンもそちらの方向を見る。

メリーが大きな狼を二匹連れてやってきた。

メリーは片方の狼に乗り、もう一匹はその隣を歩いている。

「お待たせ！　リュークさん、紹介しますね。私が今乗ってる方がネネちゃん！　こっちがルルちゃん！　どっちも女の子です！」

「ほー、立ち姿とかカッコいいけど名前は女の子みたいで可愛いな」

どちらの狼も体長が三メートル近くあり、迫力がある。

メリーが乗っているネネは毛が茶色で、ルルは灰色っぽい。

リュークはルルの頭を撫でる。触り心地がとても良く、ずっと撫でていたくなる。

ルルも気持ち良さそうに目を細めて、リュークに身体を寄せる。

するとネネもリュークに歩み寄り、頭を差し出す。

リュークは両手に花状態になり、二匹の頭を撫でる。

「すごいリューク……この子たち、人見知りだからいつもならなかなか懐《なつ》かないのに」

「そうなのか？」

「私とお姉ちゃんは仲良くなるまで一カ月はかかったのに……」

アンとアナはリュークがいきなりルルたちと仲良くしているのを見て、少し嫉妬しているようだった。

「うーん、ちょっと違うかな」

それに対してメリーが少し口を挟《はさ》む。

「この子たちは、自分が認めた人にしか懐かないの」

「認める？　ネネとルルが？」

「そうなの。私もこの子たちと一週間ぐらい話して認めてもらったんだけど……」

「俺はなんで認められたんだ？」

リュークはネネとルルの頭を撫でながら質問する。

「多分、リュークさんが『自分たちより強い』からだと思います。やっぱりネネとルルは自然の世界で生きていたから弱肉強食の考え方をしていて、自分たちより強い相手なら従うみたいなの」

「ネネとルルは強いけど、お兄ちゃんには負けるんだね！」

「へー……確かに、こいつら強い感じするな……」

リュークはネネとルル、二匹の佇《たたず》まいや雰囲気《ふんいき》、魔力などから強さを感じ取っていた。

「リュークにはわかるんだ？　そうだね、この子たちはB級の魔獣だからね」

「グレートウルフっていう種なんだよ、お兄ちゃん！」

「魔獣にも冒険者みたいにランクがあるのか、面白いな。それで、こいつらが俺らを運んでくれるのか？」

「はい、ネネとルルなら馬車で半日ぐらいの距離なら、一時間ちょっとで行けると思います！」

そしてリュークたち四人とネネとルルの二匹は、街に入るときに通った門に行き、外へ出る。

門を出て、東に向かうとリュークとアンたちが出会った森がある。

西に向かうと、チェスターという街がある。

そこに行く途中にある山が、リュークたちの目的地である。

「じゃあアンとアナがルルに乗って！　リュークさんは私と一緒にネネに！」

「ちょっと待ってメリー。なんでリュークとメリーがネネに乗るのよ」

「私もお兄ちゃんと一緒に乗りたい！」

「あなたたち、いつも二人でルルに乗ってるじゃない……」

「そうね、今日はいつもと違くていいんじゃない？　ほら、アナ。アナもたまにはメリーと乗りたくない？」

「私お兄ちゃんと乗りたいって言ったよねお姉ちゃん!?」

ちょっとした修羅場《しゅらば》になりかけたが、リュークが気にも留めずメリーの乗るネネに跨《また》がったので、それはすぐにおさまった。

アンとアナは不満そうにしていたが。

しかし、メリーも後ろに異性を乗せるのは初めだ。後ろに乗せるということは、危なくないようにリュークがメリーの肩に手を乗せたり、腰に腕を回さないといけない状況になる。

それを意識してしまって、メリーの顔が赤くなってきた。

そして、いざ出発となってもリュークが一向に肩とか腰に摑まろうとしないので声をかける。

「あの……リュークさん。その、ネネが走ると揺れて危ないので……わ、私の腰に手を回して……」

「あ、体幹鍛《たいかんきた》えてるから大丈夫。どんだけ揺れてもメリーには迷惑かけないから」

「あっ……そ、そうですか……」

メリーが寂しそうに呟いた後、恥《は》ずかしそうに俯《うつむ》く。

アンとアナに哀《あわ》れむような目で見られるメリーであった。

それからすぐに出発した。

ネネとルルの速さはリュークの想像以上で、時速五〇キロは出ているようだ。

確かにこれなら一時間と少しで山に着くだろう。

しかし、速いということはそれだけ風の抵抗があるということだ。

リュークはメリーの後ろにいるのでそれほど感じないが、メリーは直《じか》に風の抵抗を受けているだろう。

それはルルに乗っている、アナの前にいるアンも同じはずだ。

なので、リュークは魔法を使う。

ネネとルルの三メートルぐらい前に、風の盾《たて》のようなものを作り、ネネたちに当たらないよう風を逸《そ》らす。

「……あれ？　急に風が来なくなった……」

必死に風に耐えていたメリーが、急にそれがなくなったことに驚く。

「俺が魔法で風を逸らしてるからな」

「え、そんなことができるんですか？」

「まあ結構繊細《せんさい》な魔力操作が要求されるが、慣れればそう難しくはない」

「そうなんですか……あ、ありがとうございます」

「おう」

リュークが自分のことを考えて風の抵抗をなくしてくれたことに、メリーは驚いたが、やはり嬉《うれ》しい。

そしてメリーも魔法を使えるからある程度はわかる。リュークの風魔法を無詠唱で行う技術はもとより、繊細な魔力操作をずっと維持《いじ》し続ける精度と、その魔力量にも驚いた。

ネネは風の抵抗がなくなったことで、さっきより速度が増している。

時速七〇キロは出ているだろう。

なおかつ、ネネと並走しているルルにも、リュークは魔法を使っているのである。

こんな高速で移動している魔獣の前に風の盾を作り、その繊細な魔法を維持し続けることがどれだけ大変なことか。

「やっぱり凄いですねリュークさん、さすがＳＳ級です」

「ん？　まあ、誰でも練習すればできるぞ」

メリーが褒《ほ》めても、どれだけ凄いかわかってなさそうなリュークであった。

「そういえば……」

「何ですか？」

「メリーは何級なんだ？」

「え……？　私、受付嬢ですよ？」

「だけど冒険者もやってるんだろ？　ただの事務員にしては、メリーは強過ぎる」

リュークはメリーの魔力を感じ取ったのだが、アンやアナより断然強いのは明らかであった。

「凄いですねリュークさん……そんなことまでわかるんですか」

「まぁ大体だけど」

「私のランクは、Ｂ級でした」

「過去の話なのか？」

「はい、冒険者ギルドの受付嬢になるにはＢ級以上じゃないといけないんです」

「へー、そうなのか。何でＢ級以上なんだ？」

「やはり冒険者は血の気が多い方がいっぱいいますからね。受付嬢が弱いと危ないですし、ギルド内で暴れてる人たちを取り押さえる必要もありますので……」

「必然的に強くないと務まらないと……だからＢ級以上か」

リュークはギルド内で魔力を感じ取った結果、ギルドマスターの次に強い人たちが受付嬢であったのを思い出す。

「だから女性にとっては、冒険者ギルドの受付嬢は憧《あこが》れなんですよ！　強くてかっこいい人がなれる職業だから！」

「強くてかっこいいね……」

「あ、リュークさん、私はかっこよくないとか思ってますね？　まあ、自分でもかっこいいとかは思わないですけど」

「まあそうだな、メリーはかっこいいよりは可愛いだろ？」

「え……!?」

リュークの言葉にメリーは赤面する。

今まで生きてきて、ほとんど言われたことのない言葉にメリーは動揺を隠せない。

「そ、その……ありがとう、ございます……」

「ん？　どういたしまして？」

リュークは何故礼を言われたのかわからなかったが、とりあえずそう返した。

「リュークさんは……その、かっこいいですよね？」

「ん？　そうか？　自分ではよくわからないけど」

メリーの言う通り、リュークの顔立ちは整っている。

両親のヴァリーとフローラがどちらも美男美女であったため、リュークも必然的にそうなったのであろう。

「リュークさんは多分……これから凄いモテると思いますよ。ＳＳ級で実力もあるし」

「んー、よくわからないけど」

「特に受付嬢の人たちにすごい注目されると思います。受付嬢は自分が強いから、相手には力を求めない人と、逆に自分より強い人じゃないとダメっていう人がいるんですよ」

「そうなのか？」

「はい、後者の人の方が多くて、どうしても理想が高くなってしまうので彼氏とかいない方が少なくないんですよね……」

そう考えると、リュークなんてとても優良物件である。

歳は十六歳とまだ少し幼いが、雰囲気は落ち着いていて顔立ちは整っているし、何より剣神と魔帝以来のＳＳ級である。

受付嬢なら誰もが狙《ねら》うといっても過言ではない。

「メリーも彼氏ってのはいないのか？」

「え？　あ、その……そうですね。私もできたことありません……。だ、だけどそれは自分より強い人がいなかったとかじゃなくて、良い人がいなかったとかでその……」

「ん？　どうした？」

「な、なんでもありません！」

自分は強い人じゃないと付き合わないタイプ、なんて思われたくないとメリーは思ったので弁解しようとしたが、リュークは意味がわかってなさそうなので安堵《あんど》した。

——その頃、ルルに乗っている方では。

「ねぇお姉ちゃん、あっちからラブコメの波動を感じるよ」

「え、アナ何言ってるの？　らぶこめ？　はどう？」

アナがなんか意味のわからないことを言っていた。

そして約一時間後、目的地に辿《たど》り着いた。

山は鬱蒼《うっそう》とした樹木に覆《おお》われていた。

山道の入り口に着いて、そのまま中に入ろうとするが、ルルとネネが立ち止まる。

「あれ？　どうしたの？」

メリーがルルとネネにそう尋《たず》ねる。

ネネがそれに答えるように低く唸《うな》る。

すると言葉を理解したメリーの表情が変わり、

「血の匂《にお》いがするって！　しかもすごく濃い！　もしかしたら今襲われてる最中かも！」

切羽詰《せっぱつ》まったようなメリーの声に、リュークたちに緊張が走る。

「ネネ！　ルル！　そこに連れてって！」

メリーがそう叫ぶと、すぐさま二匹は走り始める。

数十秒走ると、メリーも血の匂いに気づき、リュークの魔力感知が人の気配を捉えた。

ネネとルルがメリーやリュークより先に異変に気づいたのは、狼という生き物は嗅覚《きゅうかく》が優《すぐ》れているからである。

狼は普通、約三キロほど先の臭《にお》いを嗅《か》ぎ分ける。

それに加え、ネネとルルはＢ級の魔獣である。それ以上の距離の臭いを正確に嗅ぎ分けることができる。

そしてネネとルルが走り出して数分後、事件現場へと辿り着く。

そこには何人かの女がいて、その周りの地面は赤く染められていた。

周辺には人間が何人も横たわっていて、一目見て命は既《すで》にないとわかるほどの損傷《そんしょう》を受けている。

「グレートウルフ!?　何故こんなところに!?」

女の一人がそう叫ぶ。

しかし、既に戦闘態勢に入っている。周りの女たちも驚きはしているが、隙《すき》は見せていない。

「お前らがこの山にいる盗賊団か?」

リュークはネネから降りながらそう女たちに聞く。女たちはその場に七人ほどいた。

「なんだお前は……その魔獣はお前の従魔《じゅうま》か?」

「いや、俺ではない、友達のだ」

女たちはグレートウルフから降りて来たその少年を油断なく見極《みきわ》める。

一見ただの少年に見えるが、歩く動作、立ち姿は、強者の風格すら感じさせた。

「同業者……ではなさそうだな。大方《おおかた》、私たちを殺しに来た冒険者だろ」

「正解、まあ俺は捕まえに来ただけだから。安心していいぞ」

人懐っこい笑顔とは裏腹《うらはら》に、言ってることは大胆《だいたん》なことこの上ない。

「へぇ……私たちが『鮮血の盗賊団』ってわかってて、言ってるのかい?　私たちを殺さないで捕まえられると?　その人数で?」

「そうだな。正確に言うなら俺一人で。ネネ、ルル。三人を連れて下がってろ」

その言葉を聞いて、ネネとルルは後ろへと飛び退《すさ》る。

リュークとは三十メートルほど離れる。

「え、リュークさん!?」

「大丈夫なのリューク!?」

「お兄ちゃん！」

アンたちがそう叫ぶが、リュークは問題ないという感じで振り向きもせずに答える。

「大丈夫、大丈夫。すぐ終わらせる」

「舐《な》められたものだね私たちも……」

リュークと盗賊の女たちの間に一瞬、静寂《せいじゃく》が訪れる——。

——次の瞬間、女たちが一斉《いっせい》に動き出す。

ある者は攪乱《かくらん》のためにリュークの周りを高速で移動する。

ある者はその攪乱の中に短剣をもって襲いかかる。

ある者は一歩後ろに下がり魔法の詠唱を始める。

リュークはその全《すべ》ての動きを見切る。攪乱の中で攻撃は最小限の動きで避《よ》け、避けると同時に木刀で短剣を弾《はじ》き飛ばす。

魔法の詠唱が終わるや否《いな》や、炎射矢《ヴァンアロー》や風刃列覇《シャイド》などが放たれるが、木刀で軌道《きどう》を変えて避ける。

そしてその魔法は全て攪乱目的で高速で移動していた女たちに向かっていく。

女たちはすぐに回避するが、重傷とは言わないまでもある程度の傷を負う。

女たちは態勢を立て直し、リュークの周りを囲む。

背後にも回り込むが、どこにも隙がないのがわかる。

「凄いな、良い連携だ！　初めてこういう攻撃を受けたからちょっと焦《あせ》ったぞ」

リュークは今まで魔物だけを相手にしていたから、連携で攻撃してくる相手は初めてだった。

「嫌味にしか聞こえないよ」

「素直な褒め言葉だ。だけど、詰めが甘い……なっと！」

「なっ!?」

話している途中に——リュークの手にはまるで手品のように一本の矢が握られていた。

否、近くでずっと気配を消していた盗賊の一人がリュークの死角から矢を放ったのだ。

それをリュークは見切り、自分のこめかみに向かってくるのを掴み取った。

ただそれだけのことである。

「作戦は良い。お前たち七人で攪乱して仕留《しと》める。仕留められなくても地面で戦っている自分たちに意識を集中させといて、上からの射撃。だけど弓っていうのはあまり速さが出ないし、風切り音がする。それに油断を誘うためかわからないけど全員、一旦《いったん》離れていたが、攻め続け

いた。

しかし、盗賊の女たちもこの方法でA級の冒険者を仕留めたし、この作戦には自信を持っていた。

リュークは作戦を全て看破《かんぱ》するどころか、ダメ出しまでする。

てるところを狙撃《そげき》する方が成功率は上がると思うぞ」

完全な死角からの射撃。それを避けるのではなく、矢を掴んだ。

(――そんなの普通できねぇんだよ……)

盗賊の女たちの一人が冷や汗《あせ》をかきながら心の中で文句を言う。

まず、弓の速度が遅いと言っているが、弓の初速は二〇〇キロだ。

そして射撃した女は、その初速のスピードを殺さずに相手に届かせることができる。

普通はその速度の矢を死角から放たれたら絶対に避けられない。

たとえ死角からでなくても、常人《じょうじん》が掴める速度ではない。

(なのに死角から射撃したのを掴むだと？　化け物じゃねぇか……)

女たちはリュークの能力に驚愕している。

だから――リュークが無詠唱で魔法を発動していることも気づかなかった。

「作戦が看破されたからって隙があり過ぎ。減点だな」

そう言うと、女たちの周りの地面から蛇《へび》のようなものが物凄《ものすご》いスピードで何匹も飛び出てくる。

その蛇は女たちの身体に巻きつき、拘束《こうそく》する。

「なっ!?　なんだこれは!?」

女がそう叫んで避けようとするも、間に合わない。

蛇のようなものは、リュークが魔法で動かした地面、土であった。

土魔法の創造魔法《オリジナル》であった。

あっという間にその場にいた盗賊の女たちを拘束、木の上からリュークを弓で狙撃した女も登っていた木を根元から折られ、地面に落ちたところを拘束されていた。

一瞬の出来事であった。

女たちは腕も足も蛇に巻きつかれ、動かせるのは首と指ぐらいだ。

魔法を使えるものは詠唱させないために、口までも塞《ふさ》がれている。

「おーい、終わったから来ていいぞ」

リュークは盗賊たちを拘束し終えたのを確認して、アンたちに声をかける。

そしてネネとルルに乗っている三人がリュークの側まで来る。

「やっぱり凄いですねリュークさん。あの鮮血の盗賊団をこんな簡単に……」

「私、戦い見てたけどリュークがどうやって避けたり攻撃してたのかわからなかった……」

「お兄ちゃんすごーい！」

アナがルルから降りて飛びついてきたのでリュークはそれを受けとめ、頭を撫でる。

ネネとルルも近寄ってきて、鼻をこすりつける。

それを近くで穏《おだ》やかに、そして少し羨《うらや》ましそうに見ているメリーとアン。

さっきまで死闘が行われていたとは思えないほど穏やかな空気であった。

背景に盗賊たちが拘束されて銅像のように固まっているのを除いては。


リュークが盗賊たちを捕らえて、アンたちと話している時――。

――山の中を一人の女盗賊が物凄いスピードで駆けていた。

その女盗賊は、リュークと仲間の盗賊たちの戦いを見ていた。

盗賊たちは、七人がリュークの周りにいて、一人隠れて背後からリュークを狙い、そしてもう一人がもっと遠くからその様子を窺《うかが》っていた。

商人などを襲撃する時も、彼女たちは何人かで最初に襲い、一人が気配を消して射撃、そして必ずもう一人がもしもの時があった際にボスに連絡するために隠れている。それは今回も同様だった。

そして今、そのもしもの時が訪れたので残った一人が自分たちの拠点《きよてん》に向かって、ボスに報告するために駆けていた。

（あいつは化け物だ……！　私たちの精鋭部隊が束になってかかっても、手も足も出ないなんて……！　早くボスに……あの人に報告しなければ！）

その女盗賊は全力疾走で森の中を走り、そして拠点である洞窟に辿り着いた。

中に入り、奥の部屋にいるボスのところまで行く。

ボスは部屋の椅子に座っていて、女盗賊が入ってきた入り口とは逆方向を向いていた。

「どうしたんだい？　そんな慌《あわ》てて……」

「ボス！　報告します！　南のルートで精鋭部隊が冒険者に捕らえられました！」

「……なんだって？」

その知らせにボスはようやく女盗賊の方を向く。

「……捕らえられた？　殺されたではなく？」

「はい、土魔法で八人全員拘束されました」

「土魔法ね……相手は何人だい？」

「ひ、一人です……」

「……なんだって？　精鋭部隊はA級冒険者三人より強い部隊だよ？　それをたった一人で？」

「は、はい……」

「S級冒険者……にしても強すぎる気が……」

ボスは顎《あご》に手を当てて考える。

（S級冒険者みたいな規格外な奴なら精鋭部隊を殺すことはできるかもしれないが、捕らえることは難しいだろう。捕らえるとなると、実力がどれほど上なのかわからない……）

　女盗賊がボスに報告していると、もう一人女盗賊が部屋に入ってくる。

「ボス！　一人の男がこの拠点に近づいてます！　その距離二キロほど！」

「なっ!?　まさかあの冒険者!?」

「男なのかい？　魔法使いのようだから女だと思ったが……」

「はい……魔法も使えますが、身のこなしも大したものでした。精鋭部隊の攻撃を全て見切り、なんなく躱《かわ》していました」

「……あんた、どれくらいの距離を空《あ》けて見てた？」

「ボ、ボスに言われた通り二百メートルは空けていました……」

「なのに気づかれたのか……」

　確かにボスは、二百メートル離れるように言っていた。

　魔法使いは魔力探知を使い、一定の範囲なら人の気配は捉えられる。

　だからボスは自分の探知魔法の限界、半径百メートルの倍離れるように言っておいた。

　それに気づかれたということは、自分以上の魔力探知能力を持っているということ。

「……お前たち、Dプランだ。他の奴にも伝えろ」

「っ！　はい！」

　二人の盗賊はその場から離れすぐに他の仲間に伝えに行く。

リュークは一人で洞窟の前に立っていた。

盗賊たちを捕らえた後、そこから離れるように駆けて行った者を探知魔法で捉えていた。

リュークの探知魔法は半径二キロである。

二百メートルほど離れてこちらを窺っている人物がいることぐらい最初から知っていた。

そして、アンたちに捕らえた盗賊たちを見張るように言って、自分は一人、離れていった盗賊を追ってここまで来た。

しかし、リュークは洞窟の前で少し困惑《こんわく》していた。

何故なら、何人もの女たちがほぼ裸《はだか》同然の姿で洞窟の入り口に正座していたのである。

八人の女たちがいて、みんな上半身裸、下半身は下着を穿《は》いているだけであった。

「……よくわからないけど、ここにいるみんな盗賊か？」

「はい、そうです」

一人の女がリュークの質問に答える。

「私はこの盗賊団のボスをしております。私たち盗賊団は、あなたの力に屈服致しました」

「……要するに降参ってこと？」

「そう捉えてもらって構いません。私たちをあなたの女にしてください」

「……」

「奥の部屋に、今まで奪ってきたものがあります。全て貴方《あなた》のものにして構いません」

女たちは正座したまま話す。

「そういえばなんで裸なの？」

「敵意がないことを表そうとしてでございます」

「……奥の部屋に、奪ってきたものがあるの？」

「はい、金になるものなど様々。そして……一人奴隷《どれい》にしようかと思っていた者がいます」

「奴隷？」

「はい、十歳ほどの女で、容姿が整っているので奴隷にして売ろうとしておりました。その者も貴方のものにして構いません」

盗賊団のボスと名乗る者が喋り続け、リュークは見下ろしながらその話を聞く。

「……とりあえず、その女の子に会おうかな」

「わかりました。では奥の部屋へ」

ボスがリュークを案内するために立ち上がり、奥の部屋へと向かう。

他の女盗賊たちも立ち上がり、後ろについてくる。

そして奥の部屋に行くと、中央に少し豪華《ごうか》な机と椅子があり、入り口から右手にいろんなものが置いてあった。それがおそらく金になるものだろう。

左手に、みすぼらしい格好《かっこう》をした女の子が手錠《てじょう》をかけられ、地面に座っていた。

背丈《せたけ》や顔を見る限り、リュークやアンたちより少し幼いように見える。

その女の子が、リュークを少し怯《おび》えたように見ていた。

「……あの子か？」

「はい、そうです」

「手錠の鍵《かぎ》は？」

「こちらです」

リュークが盗賊たちに聞くと、ボスと名乗る者が鍵を差し出す。

それを受け取ると、リュークは女の子に近づき、手錠を外す。

「大丈夫か？」

そう声をかけると、女の子はリュークを見上げ、頷く。

「……ありがとう」

そう言って、女の子は目を潤《うる》ませながらリュークに抱きつく。

盗賊に攫《さら》われてこんな暗い洞窟の一室に押し込められてしまって、ものすごく怖かったのだろう。

リュークは女の子を抱き止める。

「……近づいてくれて」

——女の子はナイフをリュークの胸に突き刺した。

（――殺《や》った……っ！）

その少女は確信した。

間合い、タイミング、自分のナイフを突き出す速さ。全てに置いて完璧だった。

しかし、ナイフに伝わるはずの感覚が、いつまで経ってもやって来ない。肉を切り裂く感覚が。

すると、少女の目の前から男が消えた。

突然のことに少女は驚愕した。

「惜《お》しいな、すごい惜しい」

少女の背後から、そんな声が聞こえた。

後ろを振り返ると、その男――リュークがこちらを向いて立っていた。

手にはナイフが握られていた。

「どうやって……」

少女が思わず言葉を漏《も》らす。

（完璧だった、避けれるタイミングではなかった……っ！）

少女がそう思うのも無理はない。

少女とリュークの間はほとんどゼロ距離だった。

ナイフを懐《ふところ》から出して突き刺せば、コンマ数秒で刺さるはずだった。

「俺が気づいてなかったら、多少の傷は受けていたかもな」

リュークは少女に向かってそう喋る。

「気づいてたというの？　どこから？」

少女から見て、リュークがこちらの思惑《おもわく》に気づいている様子はなかった。

「最初から。洞窟に着いた時にもうわかってた」

その言葉に、少女だけでなく他の盗賊の女たちも驚愕する。

「まず女たちがほぼ裸の状態で待っていた。俺と戦う意志はないと言って。まあ武器は持ってなかったけど……それでこっちが警戒《けいかい》を解くはずないよな？　だって武器を持ってなくても魔法は使えるんだから」

リュークは女盗賊たちと、答え合わせをする。

「あと俺は相手の魔力から、敵意の有無を感じ取ることができる。お前たちにはそれがあった。屈服したっていうなら敵意なんて感じないと思うしな」

女盗賊たちは返す言葉がなく。悔しそうに顔を歪《ゆが》めた。

「あと中に奴隷にする女の子がいるっていうのも少しおかしい。老若男女《ろうにゃくなんにょ》関係なく殺して物資を奪っていく盗賊と聞いていたから、女の子を一人生かしてるってのも不自然だ」

少女もまた悔しそうに歯軋《はぎし》りする。

相手の男に、こんなに作戦がバレているなんて思ってもみなかったのだろう。

「だけど、そこの女の子！　お前は完璧だった。お前からは敵意は感じなかった。あれが演技だとはとても思えなかったぞ。だけど一つだけ間違えた」

「……間違えた？　私が何を？」

「多分お前は高度な魔法使いだ。お前から出てる魔力を感じ取ったが街で見かけた子供たちと同じぐらいの魔力量だった。だけど……淀《よど》みが一切なかった。身体から漏れ出る魔力は状況や感情によって左右される。しかし君の魔力は怖がっている割には魔力に全く乱れがなかった。つまり、完璧だったからこそ、間違えた」

そう言って説明を終える。

少女はリュークと対峙《たいじ》している。

「……そんなことからもバレるなんて、どんだけ規格外なんだよあんたは」

「それがお前の本来の喋り方なんだな」

「そうだね、改めて自己紹介しようか。この盗賊団のボス、アルンだ」

「お前が本当のボスなのか。俺はリューク、お前たちの捕獲《ほかく》依頼を受けた。冒険者、ＳＳ級だ」

「ＳＳ級？　聞いたことないね……」

「今までに俺を含めて三人しかいないらしい」

「そうかい、それは強いわけだ……」

「さて、どうする？　降参するならあまり痛めつけずに捕まえるんだけど」

「ここで大人しく捕まえられるくらいなら、盗賊なんてやってないよ」

アルンがそう言うと、他の盗賊たちがリュークの周りに散開する。

「だよな……じゃあ、始めようか」

リュークはそう言って、詠唱破棄で魔法を使う。

「『地面　蛇《グラウンドスネイク》』」

そう唱えると、先ほど盗賊たちを捕らえた魔法、地面から土でできた蛇が出てくる。

蛇は何匹もいて、避けても避けても追ってくる。

そしてあっという間に、盗賊たちは蛇に巻きつかれ動けなくなった。

リュークは、彼女たちの魔力に反応して蛇たちが追うようにしていた。

なので、盗賊たちは避けようにも避けようがなかったのである。

しかし、アルンはそう簡単に捕まらなかった。

「『我を護《まも》れ。炎　壁《フレイムウォール》』」

アルンがそう唱えると、周囲を炎が覆い尽くす。

そこに蛇たちが突っ込んだ。

蛇たちは形を保てず崩《くず》れていく。

「さすが盗賊団のボスだ。こんぐらいでは流石に捕らえられないか」

「こっちも命が懸《か》かってるんでね、そう簡単にやられてたまるかい」

「そうか、まあお前以外全員捕らえたけど」

「私があんたを倒せばいいだけだろ」

「ははは、違いないな」

リュークがそう応じ、二人は対峙する。

睨み合う――次の瞬間、魔法が二人の間を飛び交《か》う。


一方、その頃アンたちは――。

「ねぇ、そろそろ私たちもリュークさんのところに行った方がいいんじゃない？」

「そうだね……」

「お兄ちゃん大丈夫かな……？」

先程捕まえた盗賊たちを見張って、アンたちはリュークの帰りを待っていた。

盗賊たちは、リュークの魔法によりいまだ拘束されたままである。

蛇を避けようとしたところを拘束されているので、みんな珍妙《ちんみょう》な格好をしている。

「ネネとルルだけでもリュークさんについて行かせれば良かったかな……」

そう言いながら、メリーはネネとルルの頭を撫でる。

ネネとルルも気持ち良さそうに鼻をこすりつけてくる。

「リュークなら大丈夫よ、メリー。なんたってSS級よ？」

「うー、私もお兄ちゃんについていけば良かったかな……」

「アナまで……私たちが行ったら逆に足手まといよ」

「お姉ちゃん、そうかもしれないけど……」

アンはリュークの強さを知って、自分たちは足手まといになると自覚していた。

アナもそれは理解しているが、やはり心配なのか、さっきからそわそわして落ち着かない様子だ。

「ふん、いい気になるのも今のうちさ」

突然、盗賊たちのうちの一人が三人にそう言い放つ。

「うちのボスは、実力もさることながら、頭が良いのさ。私たちの盗賊団が今までやってこれたのも、ボスの頭のキレがあったからさ。あんな化け物、ボスにかかれば騙《だま》し討《う》ちで一発さ」

「っ！　あんた……」

「ふん、なにさ」

「語尾に『さ』多くない？」

「そこツッコむところじゃねぇさ!?」

「いや、『じゃねぇさ』はおかしくないかしら？」

「お姉ちゃん、ふざけてないで」

アンたちに話しかけた女盗賊は、息を切らしながら話し続ける。

「ふん、ふざけてられるのも今のうちさ！　もうすぐボスが仲間を連れて私たちを助けに来るさ！」

「……本当に大丈夫かな、リュークさん……」

「メリーも心配しすぎ、大丈夫よ」

アンたちが話していると、ネネとルルがまず最初に異変に気づいた。

すかさずメリーが、二匹から話を聞く。

「え、本当に!?」

「どうしたのメリー？　ネネとルルが何かに気づいたの？」

アナがメリーに問いかける。

「何人もの人の臭いがこっちに近づいてるって！」

「何人も!?　ってことはもしかして……」

「はっ！　やっぱりうちの盗賊団の仲間たちさ！　あの化け物はボスに負けたのさ！」

メリーの言葉に、盗賊の女が勝ち誇ったように笑う。

「だけどネネとルルから聞いたけど……様子がおかしいの」

「おかしいってなにが？」

　アナが首を傾《かし》げながらそう問いかける。

「ネネとルルの鼻が利《き》く距離の範囲内にいきなり入ったみたいなの。なんでもいきなりそこに現れたように……」

「いきなり現れた……？　それってもしかして……」

　アンが何かに気づいたように呟く。

「あっ！　お姉ちゃん、それってお兄ちゃんの……」

　アナも同じように気づいた。

　そして、アンたちの背後から声が聞こえる。

「よっ、待たせたな」

　アンたちが一斉に振り向くと、そこには片手を上げて笑っているリュークがいた。

「お兄ちゃん！」

　いち早くアナがリュークのもとに駆け寄り抱きつく。

「心配かけたな、アナ」

「ううん！　信じてたよお兄ちゃん！」

「さすがねリューク……というかこの人数を一気に連れてくるとはね……」

　アンはリュークが連れてきた盗賊たちを見てそう言った。

　リュークの後ろには魔法で連れてきた盗賊たちが十数人いた。

いつものように魔法、『次元跳躍《ワープ》』で連れてきていたのである。

この魔法は、リュークが触っているものも一緒に移送できる。盗賊たちを拘束した土魔法の枷《かせ》を繋げて、それに触れて一斉に移動したというわけだ。

「ボス！　まさかボスまでも……」

さっきまでアンたちに話しかけていた女盗賊も、ボスや仲間が捕まっているのを見て驚愕している。

「はぁ……すまないねあんたたち。そこの冒険者にやられたよ」

「ボスほど強い人が、いったいどうやって……」

「まさか卑怯《ひきょう》な手を使って……」

今までアンたちに見張られていて黙っていた女盗賊たちも、口々にそう言う。

自分たちのボスの強さを知っているが故《ゆえ》に、目の前で拘束されているのが信じられないのである。

「何も卑怯な手は使われてないよ……ただただ真っ向から叩《たた》きのめされたのさ」

「しかも、私のプライドがズタボロにされるような勝負だった……いや、勝負にもなってなかったね」

「そんな、あんなに強いボスが……」

「いったいどんな……」

ボスの言葉にそう女盗賊たちは呟く。

「何も特別なことはされてない……ずっと私の魔法を相殺《そうさい》され続けたのさ」

「魔法を相殺……!?」

「私の魔力が尽きるまでね……これでも魔力量には自信があったんだけどね」

ボスの言葉に盗賊たちは唖然《あぜん》とする。

魔法の相殺をやり続けるというのは、相手が放った魔法の魔力量を瞬時に判断し、それと同じ魔力量の魔法を放たねばならない。

当然、そんな至難《しなん》の技は普通の魔法使いにはできるわけがない。

盗賊たちは、目の前でアンたちと笑って話しているリュークという男の、呆れるほどの強さを今更《いまさら》ながら思い知ったのである。

◇◇◇

「まさか、本当に今日中に終わらせるとは……」

ヴェルノの冒険者ギルドマスターのゴーガンは、呟くように言った。

目の前には『鮮血の盗賊団』、総勢十七名が、土でできている檻《おり》の中に拘束されて入っていた。

リュークたちは、盗賊団を捕まえた後、土魔法で檻を作り盗賊たちをその中に入れた。

そして、風魔法と重力魔法を利用して檻を浮かし、ヴェルノの街まで連れてきていた。

「これで依頼達成だよな？」

「ああ、そうだな。じゃあリュークはちょっとこっちに来てくれ。話があるからな」

ゴーガンがそう言って、リュークをギルドの奥に招き入れようとする。

「待ちな、そこの……リュークといったかい」

リュークが行こうとした時、後ろから声をかけられた。

振り向くと、檻の中から盗賊団のボスのアルンに問われた。

「あんたは私たちを殺さずに捕まえた、それは何故だい？」

「……殺さずに捕まえられるからだ。俺にはその力があったからだ」

「……それもあったかもしれない、だけどあんたは人を殺したことがないだろう？」

「そうだな、それがどうした？」

「やっぱりね……」

「──おい、黙ってろ」

アルンが話しかけているのを、ゴーガンが威圧《いあつ》的に睨んで黙らせようとする。

しかし、今まで何度も死線を潜《くぐ》り抜けてきたアルンは特に気にもせず話し続ける。

「一つ、私たちを倒したあんたに敬意を表して忠告をしておくよ。……殺すべき奴と殺さないですむ奴を見分けたほうがいい」

アルンは真剣な表情で、リュークを睨みながら喋る。

「私たちはこの後、死刑にされるからあんたが殺しても殺さなくてもどうせ死ぬ……だが、今後殺されずに生き残った奴があんたの寝首をかきにいくよ」

「……忠告、感謝するよ」

そう言って、リュークはゴーガンについて行きカウンター内に入っていった。

部屋に入ると、リュークはゴーガンの対面に座った。

「あの盗賊団のボスが言ってたことはあんま気にすんな、負け犬の遠吠《とおぼ》えだ」

座ってすぐにゴーガンがそう話しかける。

「いや、多分あれは……経験談だろうな」

「……なんだと？」

リュークの言葉に、ゴーガンが聞き返す。

「……何故そう思った？」

「なんとなくだが……アルンの目は何かを物語っていたからな」

「……」

「まあ、盗賊落ちした経緯《いきさつ》は知らないが……あいつにも何かあったんだろうな」

リュークはソファに浅く腰かけ、床を見ながらそう言った。

「まあ、その話は終わりにしよう。お前はしっかり依頼を達成してくれたからな。とりあえず報酬《ほうしゅう》とかについて話そうか」

気まずい雰囲気を霧散《むさん》させるように、ゴーガンは少し明るめに話を切り出す。

「とりあえず、『鮮血の盗賊団』の捕獲報酬として、一千万ゴールドだな」

「へー、結構大金だな」

「まあそれだけあいつらには手を焼かされてたんだ」

リュークは、お金の価値についてはすでにアンに教わっているからそれが大金であることは理解していた。

「それで、ギルドにお金を預けておいて必要な時に取り出すっていうことができるんだが……おっと、その前にこれを渡さないとな」

そう言って、ゴーガンは懐からカードを出してリュークに手渡す。

「なんだこれ？」

「ギルドカードというものだ。身分証にもなるし、そのカードがあればさっき言ったようにギルドにお金を預けたり必要な時に取り出すことができる。そのカードの右下のところにギルドに預けているお金の総額が書いてある」

カードの右下を見ると、確かに『一千万ゴールド』と書いてあった。

「あと、お金を引き出さなくても、いろんな店でそのカードを使って買い物ができるようになっている。その場合、店の人にカードを渡せば、ギルドに預けているお金から買った分の金額が引かれて、支払いができる」

「ほー、なかなか便利だな。じゃあ俺はこのカードで一千万ゴールドの買い物ができるということか」

「そういうことだ。理解が早くて助かるぜ」

ゴーガンの説明に、リュークは感心したようにカードを眺《なが》めていた。

「あと、そのカードの右上にランクが書いてある。お前はSS級と書いてあるはずだ」

「ああ、確かに」

「よし、まあ説明とかはこれで終わりだ。とりあえず初依頼達成おめでとうだな」

「ありがとう」

リュークはそう言って立ち上がり、部屋を出る。

そして、ギルド内にいるアンとアナに近づく。

「お待たせアン、アナ」

「あ、終わった？　結構早かったわね」

「お兄ちゃんお疲れ様！　あ、お兄ちゃんギルドカード貰《もら》ったんだ！　色は黒色……やっぱりSS級は違うね」

リュークが持っていたギルドカードの色に、アナが食いついた。

「ん？　カードの色に何か意味あるのか？」

「説明受けてないの？　ギルドカードの色は、ランクによって違うのよ。Ｇ級とＦ級は白。Ｅ級からＣ級までは青色。Ｂ級とＡ級は銀色。Ｓ級は金色よ」

「お兄ちゃんはそのどれでもない黒色だからね。ＳＳ級はダテじゃないね！」

「へー、一目でランクがわかるのか」

三人が話していると、カウンターからメリーが出てきた。

「今日の仕事終わったわ」

「メリーお疲れ様、じゃあ帰りますか」

「お兄ちゃん、私たちの家に来てよ！　まだお礼とかできてないし、泊まってよ！」

「そうね、リュークも泊まる場所ないでしょ？」

「そうですね、夕食は私たちが腕をふるいますよ」

「そうだな、じゃあお言葉に甘えて」

四人はそんな会話を交わし、ギルドを出てアンたちの家へと向かう。

そして家に着き、中に入る。

一階はリビングらしく、二階に寝室があるらしい。

寝室は二部屋あり、アンとアナが一部屋を使い、メリーがもう一部屋を使っているようだ。

そして、リュークはリビングで椅子に座って料理ができるのを待っていた。

アンとアナ、メリーが三人で家に帰るまでに買ってきた食材で料理を作る。

三人が楽しそうに料理をしているのを、リュークは後ろから少し微笑《ほほえ》みを浮かべて見ていた。

「お兄ちゃん！　料理できたよ！」

「お、そうか。皿運ぼうか？」

「リュークは座っててていいわよ」

「張り切っていっぱい作ってしまったので、たくさん食べてくださいね」

「おー……美味《おい》そうだな」

三人はお皿をテーブルに運んで、席に着く。

リュークの隣にメリー、向かいにアン、斜《なな》め前にアナが座った。

三人が席に着くと、アナがリュークに話しかける。

「お兄ちゃん！　これ私が作ったんだよ！　食べて食べて！」

「お、そうなのか？」

リュークはアナが作ったというスープを飲んだ。

「うん！　美味《うま》いじゃないか！」

「えへへ、良かった！」

「リューク、これ私が作ったのよ？」

「リュークさん！　これ私が作ったんです！　食べてください！」

「あ、ああ……食べるから、ちょっと落ち着こうな？」

　こうして四人は楽しく食卓を囲んだ。

　そして、食事が終わりアンとアナ、メリーたちは皿を片付け、お風呂に入った。

　三人が出た後、ようやくリュークも入る。

　リュークは風呂に入り、一息つく。

（そういえば、まだ父ちゃんと母ちゃんと離れて二日しか経ってないんだよな……）

　今日はいろんなことがあったので、ヴァリーやフローラのことを思い出したが、別れてから二日しか経ってないことを思い出す。

　今日はアンとアナを救い、冒険者ギルドに登録し、メリーとも会い、盗賊団を捕まえた。

（これからどうなるかな……とりあえず、落ち着くまでこの街にいようかな）

　そう思いながら、風呂を出て身体を拭《ふ》いてリビングに戻る。

　するとアンたちは何か言い争いをしていた。

「どうしたんだ？」

「あ、お兄ちゃん！　お兄ちゃんは誰と寝たい!?」

「は？」

　いきなりアナにそう聞かれ固まるリュークだが、慌ててアンが誤解を解こうとする。

「ち、違うのよリューク。ほら、寝室が二部屋しかないじゃない？　だから、誰がリュークと一緒の部屋か決めようと話していたの」

「二人はいつも一緒の部屋だから、私の部屋にリュークさんが寝ればいいと言ってるのですが……」

「メリーばっかずるいよ！　私もお兄ちゃんと同じ部屋がいい！」

「そうね、今日は気分を変えていつもと違くていいんじゃない？　ほら、アナ。今日はアナもメリーと一緒に寝たいでしょ？」

「私お兄ちゃんと一緒がいいって言ったよねお姉ちゃん!?」

「なんかデジャブだな……」

三人の言い争いにリュークが冷静にツッコミを入れていた。

「お兄ちゃんは誰と一緒がいい？」

「いや、俺はリビングでいいよ」

「え、いやリビングにはソファもベッドもないですし……」

「いや、大丈夫」

そう言うと、リビングの少し空いているところに行く。

すると、いきなり目の前にベッドが現れた。

異空間にしまっていたベッドを取り出したのだ。

「俺はここで寝るよ、だから三人はいつも通りに寝てくれ」

「お兄ちゃん……」

「リューク……」

「リュークさん……」

「……え、何?」

三人はなんとも言えない顔をして、リュークを見ていた。

「お兄ちゃんがそういう人だってわかったよ」

「ガード固いわね」

「なんか、リュークさんのこの行動にデジャブを感じます」

「え、俺何かした?」

リュークは訳もわからず、首を傾けていた。

第3章　新たな出会い

リュークは、早朝に目覚めた。

昨日は早めに寝たので、いつもより早く起きた。まだ日も昇っていない。

そして、日課である朝の鍛錬《たんれん》をするために外に出る。

アンやアナ、メリーは二階でまだ寝ているようなので、起こさずに外に出た。

まだ街には慣れてないので、とりあえず朝の街を少し散策《さんさく》してみる。

朝早いため、人は少ない。

しかし、露店《ろてん》の準備などをしている人がいる。

それを見ながら、街中《まちなか》を歩く。

しばらく歩を進め、少し狭い路地に入った。

そこには、誰もいない。

そろそろ鍛錬を始めようと思うが、少し狭いのでもう少し広い場所を探すためにさらに歩き続ける。

しばらく行くと目の前に長い階段が現れる。
どこに続くのか気になったので、その階段を上っていく。
そして、突き当たった扉を開けると、そこは市壁の頂上であった。
市壁の頂上からは街の内外を一望できた。
地平線から顔を出し始めた朝日に、街はオレンジ色に染まっていた。
「良いところ発見したな……」
リュークはそう呟《つぶや》く。
そこは結構広くて、鍛錬にもぴったりの場所であった。
「よし、始めるか！」
異空間から木刀《ぼくとう》を取り出す。
そして、眼《め》を閉じる――。
リュークは真っ暗闇《くらやみ》の世界に入り込んだ。
集中力を高め、精神を研《と》ぎ澄《す》ます。
そしてしばらく経《た》つと、その真っ暗闇の世界にある人物が現れる。
その人物は目の前に立っており、同じように右手に木刀を持っていた。
両者は特に構えもしないで、両腕をダラリと下げて立っている。
しかし、次の瞬間――二人は刀《かたな》をぶつけあっていた。

構えを取っていなかったのではない。

二人が取っていたのは『無の構え』、剣術を使う者が最終的に辿《たど》り着く最強の構え。

全身から力を抜き脱力し、攻撃する際に一気に加速する。

ゼロから最高速まで。

その緩急《かんきゅう》に、常人《じょうじん》なら到底《とうてい》反応できず、手も足も出ずに一瞬で勝負はつくであろう。

しかし、リュークとその人物は何度も刀を打ち合い、戦い続ける。

二人は高速で動き、フェイントをかけながら斬撃《ざんげき》を繰り出し、互いに隙《すき》を窺《うかが》う。常人なら何が起こっているのか全く見えない速度で。

ただ刀がぶつかり合う音だけが鳴り響く。

そして――リュークの首元を相手の刀が切り裂いた。

次の瞬間、真っ暗な闇《やみ》が霧散《むさん》し、リュークの意識は市壁の頂上に戻ってくる。

「はあ……はあ……やっぱ強いな父ちゃんは」

額《ひたい》から流れる汗《あせ》を腕で拭《ふ》きながら、リュークは呟いた。

先ほど眼を瞑《つむ》り、真っ暗闇な世界で戦っていたのは父、ヴァリーであった。

約九年間戦い続けたヴァリーの強さは、身に染《し》みてわかっている。

なので、空想上での戦いができるのだ。

「やっぱり身体強化の魔法を使わないと厳しいな……次は身体強化して戦ってみようかな

「……」

そう呟きながら、先程の戦いの反省を頭の中でしていると、すぐ近くに人の気配を感じる。

鍛錬に集中し過ぎて気づいていなかった。

気配がする方を向くと、そこには知った顔があった。

「お前は……！」

そいつを見て、リュークは驚愕《きょうがく》する。

何故《なぜ》なら本来ここにはいるはずのない、
いや――いてはいけない人物だったからだ。

「また会ったね。リューク……と呼んでいいのかい？」

――そこには『鮮血の盗賊団』のボス、アルンが壁にもたれて立っていた。

「何故お前はここに……？　連れていかれたんじゃないのか？」

リュークたちがギルドを去った後、ゴーガンや他の冒険者に監視されながら刑務所に連れていかれたはずだった。

「刑務所に入れられる直前に最後の力を振り絞《しぼ》って逃げ出したのさ」

その問いに、アルンが答える。

魔法が発動できなくなる魔道具をつけられる直前にアルンが魔法を発動させ、自分と仲間の盗賊たち全員の拘束《こうそく》を解いた。

「へー……俺はそれをやられないためにお前の魔力をなくさせたんだが……なかなかしぶとい奴《やつ》だな」

「褒《ほ》め言葉として受け取っておくよ……しかし、そんなことまで考えて私と戦ってたなんて、あんたもあんただね、化け物みたいな奴だよ」

「褒め言葉として受け取るよ」

二人ともニヤッと笑って会話が一瞬途切れる。

「ああ、言っとくがもう敵対しないから襲《おそ》わないでくれよ。あんたの強さにはもうこりごりしてるんだ……何回やってもあんたに勝てる見込みがないからね」

「まあ、もう依頼も受けてないしな。お前と戦う理由がない」

「それは良かったよ。それはそうと、あんたは剣も使えるんだったね。今見ていたが……いや、見ていたが見えなかったよ。速すぎて何をしてるかわからなかった」

アルンは、リュークが目を瞑り自分の世界に入った直後に市壁の頂上に来た。

そして、鍛錬を見ていたが動きが速すぎて目が追いつかなかったのである。

「そうか？　普通に鍛錬していただけだけどな」

「あれが普通かい……やっぱり規格外だねあんた」

「それはそうと……他の盗賊たちはどうした？　一緒に逃げたんじゃないのか？」

リュークが疑問に思っていたことを聞くと、今まで目を合わせて話していたアルンが、初めて目を逸《そ》らし、俯《うつむ》く。

「……死んだよ、全員。冒険者たちに武器も持たず、魔力も十分に回復していないのに立ち向かって……私一人を……逃がすために……」

「……」

リュークは何も言わない。

アルンは最後の力を振り絞り、盗賊たち全員の拘束を解いた。

そして——もう歩くのもギリギリの状態になった。

「私を見捨てて逃げれば全員とは言わずとも、何人かは逃げられたはずなのに……まさか全員その場に残って死ぬまで戦うとは思わなかったよ……」

拘束が解けた瞬間——全員が逃げ出さずにアルンを守るためにその場にとどまった。

アルンは、息を切らしながら叫ぶ。

——逃げろっ!!　私を置いていけっ!!

今まで指示を忠実に聞いていた部下たちが——初めて、アルンの命令に逆らった瞬間だった。

「……馬鹿《ばか》な奴らだったよ。私がいないと作戦も立てられない、飯《めし》も食っていけないくらいの……」

「最期《さいご》まで——馬鹿な奴らだったよ……」

アルンの足下に雫《しずく》が零《こぼ》れ落ち、地面を濡《ぬ》らす。

「……そうか」

リュークも何も言わず、ただ彼女を見つめている。

「……それで私だけ逃げて、さっきまで市壁の陰《かげ》に隠れて休んでいたのさ。そしたらあんたが頂上に向かうのが見えたから私も来てみたってことさ」

目を指で拭《ぬぐ》うような仕草《しぐさ》をしてから、もう一度リュークと目を合わせてそう言った。

「……そうだったのか」

「私たちは、殺されても仕方のないようなことをしてきたよ。だから仲間を殺されても何も言えない……」

「……」

「復讐《ふくしゅう》しに行こうかと思ったけど、あいつらが命を懸《か》けて守ってくれたんだ……私のものだけじゃないこの命を、無駄なことで消費したくないからね、私はこの国から出るよ」

「……そうか」

「そこまで有名にはなってないし、顔もほとんど知られていないから国を出れば見つからずに済むと思うしね」

「……そしたら、他の国で冒険者でもやればいいんじゃないか？　お前の力ならいいところまでいけると思うがな」

「ふふふ、それもいいかもね……じゃ、私は行くよ」

アルンは、もたれかかっていた壁から身体《からだ》を離し、リュークに背を向けて歩き出そうとする。

「ちょっと待った」

「……なんだい？」

後ろから声をかけて、リュークはアルンを引き止めた。

「お前の髪の色は赤色で、少し目立つだろ。だから……」

リュークはアルンに手のひらを向ける。

すると、アルンの髪がふわりと浮くと同時に、髪の毛先から色が変わっていき、そして綺麗《きれい》な茶髪になった。

「俺と同じ色だがな。他の色の希望があれば変えることもできるが？」

「……いや、これでいいよ。ありがとね」

髪の毛先をつまんで見ながらそう言って、リュークに笑いかける。

「おっ、初めて普通の笑顔を見た気がするな。そういう可愛《かわい》い顔もできるのかよ」

「……私をあんたのハーレムに引き入れようったってそうはいかないよ」

「なんだよはーれむって？」

「はあ……まあいい。私は行くよ」

アルンは今度こそ、振り返らずに歩いて行った。

——そのアルンの頬《ほお》が紅《あか》く染まっていたのは、自身でも気づいていなかった。

リュークはアルンが去った後、鍛錬は止《や》めて帰路についた。

いつの間にか完全に日が昇っており、街の喧騒《けんそう》が聞こえてきた。

早く帰らないとアンたちが心配すると思い、少し早足で歩く。

街を抜け、アンたちの家に帰ってきた。

「ただいま」

「あ、お兄ちゃん！　どこ行ってたの!?」

「アナ、悪い。ちょっと朝の鍛錬に行ってたんだ」

「リューク、おかえり」

「ただいま、アン」

「あ、おかえりなさいお兄ちゃん！」

「おう、ただいま」

アンとアナは、台所に立ち朝食を作っていた。

リュークは二人の姿を見ながら、リビングの椅子《いす》に座る。

「メリーはどうした？　まだ寝てるのか？」

「メリーはもうギルドに行って仕事してるよ！」

その問いに、アナが答える。

「へー、朝早いんだな、ギルドの受付嬢ってのは」

「やっぱり大変みたいよ、事務の仕事ってのは……金銭の管理とか、冒険者への仕事の斡旋《あっせん》とか。その分給料が良いから……」

アンが料理をしながら話すが、リュークはその横顔が少し寂《さび》しく、そして悔《くや》しそうに見えたのに違和感を覚えた。

「アン、どうしたんだ？　暗い顔して…」

「え？　ああ……私とアナがこうして暮らしてられるのは、メリーのおかげなの。この家も、今作ってる食事も……全部メリーが稼《かせ》いだお金で買ったものなの」

その言葉に、アナも料理を作りながら少し気まずそうに俯く。

「普通、F級の冒険者はその日の食事をまかなうのもキツイの。宿なんて絶対に取れない。野宿が当たり前……だけど私たちは、贅沢《ぜいたく》な暮らしをメリーにさせてもらってる……それが、ありがたいけどメリーには何も返せてないから申し訳なくて……」

アンは悔しそうに下唇《くちびる》を噛《か》む。

アナもそう思っているらしく、包丁を持っている手が少し震えている。

「……まあ、俺からは特に何も言えないが……そう思うなら、早く恩返しができるように、強くならなきゃな」

リュークは二人の後ろ姿を見ながらそう呟く。

「ええ、リュークの言う通りだわ」

「だけど、私たち、魔法を操《あやつ》るのも上手《うま》くないし……魔力量も多くないしね……」

リュークの言葉にアンは強く頷《うなず》くが、アナはさらに落ち込んだようにそう言った。

「そりゃあ練習してないからだろ？　練習すれば誰でもできるよ。なんなら俺が教えてやろうか？」

さり気なく言った言葉に、アンとアナは食いつく。

「え！　お兄ちゃんが教えてくれるの!?」

「お、おお……まあ、お前たちが俺に教えてもらいたいなら全然いいけど」

「本当にいいの？　リューク」

「おう、全然いいぞ」

「だけど、私たちあなたに返せるものがないわ……ただでさえあなたには昨日助けてもらったのに……」

その提案に乗りたいが、命を助けてもらった恩があるのに、これ以上恩を受けることに、アンは少し躊躇《ためら》ってしまう。

「うーん、じゃあ二人には俺に世界のことを教えてほしいな」

「世界？」

アナが問い返す。

「そう、二人はもう知ってると思うけど、俺は世間《せけん》知らずだから。だからいろんなことを教えてもらいたい。ほら、これで対等だろ？」

「……ふふふ、そんなのでいいなら、喜んで教えるわ。ありがとう、リューク」

「ありがとうお兄ちゃん！」

「おう、こちらこそありがとな」

三人は顔を見合わせ、笑い合う。

「じゃあ、ギルドに行って依頼を受けてから魔法の練習をしようか。それで、夜になったら二人から俺が色々教えてもらおうかな」

「ええ、それでいいわ。とりあえず、朝食を食べましょうか」

「お兄ちゃんお待たせ！　じゃあ食べよう！」

アンとアナが朝食をテーブルに持ってきて、三人で食べ始める。

「あ、私たちお兄ちゃんの弟子《でし》ってことになるのかな？」

「んー、そうね。そうなるかしら？」

「俺も教えてもらう立場だから、弟子ではないんではないか？」

「んー、弟子だったらお兄ちゃんじゃなくて……お師匠様《ししょう》？」

「あら、そうしたら私もお師匠様と呼んだ方がいいのかしら？」

「堅苦しいな……いいよ今まで通りで」

「そうだね！　お兄ちゃんの方がしっくり来る！」

「ふふ、そうね。リュークはお師匠様って感じじゃないわね」

「なんか釈然《しゃくぜん》としないが……威厳《いげん》がないってことか？」

他愛《たあい》もない会話をしながら朝食を食べ、そして食べ終わったら身支度《みじたく》をして冒険者ギルドに向かう。

「二人は武器を持たないのか？　魔法は普通は杖《つえ》を使って発動した方がいいんだろ？」

ギルドに向かう道を歩きながら、リュークがアンとアナに問う。

「そうね、そうした方が魔力を操りやすくなって魔法も強くなるけど……」

「杖は高いからね……F級の私たちじゃ到底買えないよ」

「そうなのか。じゃあ、ギルドに行ったあと買いに行こうか。昨日俺、金貰《もら》ったから、買えると思うぞ。どんだけ高いのかわからないけど」

「え？　昨日の報酬《ほうしゅう》って……S級相当の依頼だったわよね？　いくら貰ったの？」

「たしか……一千万ゴールドだったから、二人で五百万ずつの杖を買えるぞ」

「そんなに貰ったんだ！　五百万の杖ってお兄ちゃん、そんなのA級冒険者が使う杖だよ、そんなの流石《さすが》に買ってもらえないよ」

「そうか？　俺は別にいいんだけどな。まあ適当に買ってやるよ」

三人がそんな話をしていると、冒険者ギルドに着いた。

中に入ると、仕事内容が貼《は》ってある掲示板の前に、冒険者たちが何人もいて、仕事の取り合いをしていた。

三人は、受付カウンターに行き、メリーを見つけ話しかける。

「ようメリー。おはよう」

「あ、リュークさん！　おはようございます！」

メリーはカウンター内で仕事をしていたが、リュークに話しかけられ顔を上げて笑顔で挨拶《あいさつ》を返す。

「メリー。私たちは今日も薬草を取りに森に行くわ。昨日の依頼まだ達成してないしね」

「それで私とお姉ちゃん、お兄ちゃんに魔法教えてもらうことになったんだ！」

「え、そうなの？　リュークさん、いいんですか？」

「ああ、二人にはお世話になってるし、俺も教えることで何か得るものがあるかもしれないしな」

「そうですか。じゃあ、アンとアナをよろしくお願いしますね」

「ああ、任せろ」

メリーとカウンター越しに話していると、背後から話しかけられた。

「お前がSS級冒険者のリュークなのか？」

リュークたちはその言葉に振り向く。

するとそこには、女性がいた。

水色の髪で、腰まであるのではないかというその髪を結《ゆ》わずに流している。

その女性の後ろに従うかのように三人の女性がついていた。

「そうだけど、お前は？」

リュークはその女性に問い返す。

「む、私を知らないか……世間知らずな奴だ」

少し不機嫌そうになりながらも、凜《りん》とした声で答える。

「──私は『洪帝《こうてい》』のアメリア。S級冒険者だ」

アメリアと名乗った女性は、リュークたちの前で胸を張って堂々と立っている。

そして、その名乗りを耳にしたギルド内の冒険者たちがざわめき始める。

「S級冒険者のアメリアだって⁉」

「確か最近、A級からS級になったって聞いたぞ……」

「S級になるための依頼が、ドラゴン種を一人で討伐《とうばつ》することだったと聞いたが……まさか本当に倒したのか？」

周りの者が、口々に呟いている。

それを聞いたアメリアが、自慢げにニヤニヤ笑っていた。

「ふふふ、やはり噂《うわさ》になっていたか。そう、全《すべ》て事実だ！　私はドラゴンを一人で討伐した！」

その言葉に、ギルド内が沸《わ》く。

その歓声を聞いて、さらに調子づいたようにドヤ顔をしていた。

「じゃあアン、アナ。森に行こうぜ」

「え？　い、行っていいのかしら？　あの人リュークに何か用事があったんだと思うのだけれど……」

「なんか盛り上がってるからそれに水を差すのも悪いだろ」

「そ、そうかな？　まあお兄ちゃんがそう言うなら……」

三人は盛り上がっているギルド内を潜《くぐ》り抜けて、外に出る。

「……本当にいいのかしら？」

「まあ、本当に用事があるならまた会うだろ。それか森まで追って来るとかするだろ」

「う、うん……。なんかお兄ちゃんって、冷めてるよね……」

「そうか？　こんなもんだろ」

話しながら街の門へと歩き出し、手続きをして街の外に出る。

「よし、まずは体力作りだな。剣を扱うにしても、魔法を扱うにしても体力は必須《ひっす》だ。だから森まで走るぞ！」

リュークは二人に早速《さっそく》、鍛錬の指示を出す。

「体力には自信がないわ……」

「お姉ちゃんよりは走れると思うよ！」

「確かに、アナは昨日俺と会った時には三キロぐらいゴブリンに追われて全力で走ってきてたもんな」

「う、うん。あれは火事場の馬鹿力に近いものだから……。またあれをやれって言われても無理だよ？」

「じゃあとりあえずその馬鹿力を出さずとも、それぐらいの持久力がつくぐらい頑張ってみようか」

リュークは笑いかけるが、アンとアナは引きつった笑みを浮かべていた。

「……お姉ちゃん、私なんだかお兄ちゃんに教えてもらおうと思ったこと後悔し始めてるよ……」

「……私もよ、アナ……。私たち、昨日助けてもらったけど……死なないかしら？」

そして三人は昨日出会った森へと、走り出した。


一方、冒険者ギルドでは――。

「なに!?　あのリュークとやらがいないぞ！　どこに行った!?」

「あの、リュークさんたちなら結構前にギルドを出て行ってしまいましたが……」

「なんだと!?」

アメリアは、リュークたちはどこに行ったのかと騒ぎ始め、その様子を見ていたメリーがそれに応《こた》えていた。

「なんと……あの者は礼儀というものを知らないのか」

「いや、そういう問題じゃないと思いますが……」

アメリアがなにやら見当外れなことを言って、メリーがツッコミを入れた。

「受付嬢よ、あの者はどこに？」

「えっと……この街を出て東にある森に行ったと思いますが……」

「そうか！　なら私もそこへ行こう！」

自分の髪と同じ色のマントを翻《ひるがえ》し、ギルドの出口へ身体を向けた。

「アメリア様！　私たちもついていきます！」

取り巻きの女の一人が、アメリアにそう申し出た。

「お前たちはここで待っていろ！　すれ違いになったら困るからな！　もしあの者がここに来たら、私が帰って来るまで待っているように言え！」

「は、はい！　わかりました！」

「よし、では行ってく……ぐへっ!?」

歩き出した瞬間に、アメリアの上半身が後ろへ引っ張られるように傾いた。

振り返ってみると、先ほど翻したマントがカウンターの少し出っ張っていた釘《くぎ》に引っかかっていた。

そのマントが首を絞《し》めて変な声が出たのである。

アメリアはカウンターに近づき、マントを丁寧《ていねい》に釘から外す。

「……よし、では行って来る！」

「は、はい！　お気をつけて！」

先ほどのやり直しのようにそう言って、アメリアは取り巻きの三人を残し、ギルドを出て行った。

「……アメリア様ってもしかして……ドジっ娘《こ》？」

メリーがアメリアを見ていて、思わず呟いた。

――ギルド内にいる誰もが、今の一連の行動を見ていて思ったことであった。


「よし！　ここら辺でいいかな？」

リュークは森の入り口に辿り着いた。

走ってここまで来たはずのリュークだが、全く息を切らしてなかった。

「ま……待ってよ、お兄ちゃん……はあ、はあ……速すぎ……」

少し経つと、後ろからアナが激しく息を切らしてやって来る。

「これでもかなりゆっくり走ったんだぞ。早歩き程度だ」

「はあ……はあ……初めての鍛錬で、飛ばし過ぎだよ……もう疲れたよ……」

アナがリュークの側《そば》に、倒れるようにして、大の字で寝っ転がる。

「あれ？　アンは？　まだ来ないのか？」

「お姉ちゃんは……結構前にバテて……よろよろになって歩いてたよ……」

ぜいぜい言いながら、リュークの問いにアナが答える。

「あ、あそこにいるな」

リュークが走って来た方向を見ると、ここから五百メートルほど離れたところに走ってるのか歩いてるのかわからないスピードでこちらに向かってきているアンの姿があった。

そして数分後、アンはリュークのところまで辿り着く。

すぐにその場にうつ伏せに倒れ込む。

「……」

「おーい、生きてるか？　アン」

「お姉ちゃん……？」

アナがアンの口に手を当てる。

「はっ!?　……し、死んでる……!?」

「死んでないわよ！」

「あ、生き返った」

アンが飛び上がるように上体を起こす。

息を切らしながらツッコミを入れたので、激しく咳《せ》き込む。

アナがアンの背中をさする。

「ああ、いきなり大声出すから……」

「……っ！　だ、誰のせいよ……」

「姉妹漫才《まんざい》はそこまでにしてくれるか？」

リュークが二人に声をかける。

「二人とも、特にアンはもっと体力をつけた方がいいな。毎日街から森まで走れば結構体力がつくと思うから、明日からもやっていくぞ」

「——地獄ね」

「お兄ちゃん！　お姉ちゃんがこの世の終わりを見たような顔になってる！」

「どんだけ嫌なんだよ……」

それから数分後、アンとアナが落ち着いたのを見計らってリュークが話し始める。

「よし、じゃあここで魔法の鍛錬を始めるか」

「そうね……お願いするわ」

「お願いします！　お師匠様！」

「その呼び方はやめろ……」

アナが笑顔で言うが、リュークは苦笑気味にその呼び方を却下《きやつか》する。

「とりあえず、お前らの魔法適性はなんだ？」

「私は火属性と風属性、あと土魔法よ」

「私は水と光と闇！」

「ん？　三つだけか？」

「え？　まあ、そうね。これでも多いと自負しているけれど……」

「一つも適性ない人もいるから、私とお姉ちゃんは多い方だと思うけど……」

「そうなのか？　俺全属性使えるけど」

「それはリュークが異常なだけよ…」

——魔法適性とは。

魔法の基本属性は六つある。

火、水、風、土、光、闇である。

その中で、人それぞれ扱える属性と、扱えない属性がある。

そして基本属性の他に、ユニーク魔法というものもある。

リュークが使っていた、時空魔法もユニーク魔法の一つである。

アンとアナの場合、扱えるのがアンが火と風と土、アナが水と光と闇であった。

魔法適性を調べる方法は、『魔法適性診断の玉』を触れば、その球が適性のある属性を言ってくれる。

そしてこの玉を作ったのも魔帝、フローラであった。

「というか、姉妹で完璧《かんぺき》に魔法適性は分かれてるんだな。姉妹はそういうのが多いのか？」

「よくわからないけど、双子《ふたご》なんかは全く一緒の適性か、私たちみたいに綺麗に分かれることがほとんどみたい」

「不思議だよねー」

「そんなもんなのか……まあ、俺全属性使えるから、二人とも教えられるな」

「お手柔らかにね、リューク」

「じゃあ、早速やろうか。とりあえず二人の魔法見たいから、俺に向かって打ってみてくれ」

「……あの、リューク。非常に言いにくいんだけど……」

「なんだ？」

「私とお姉ちゃん、魔法使えないよ？」

「……え？　まじか？」

「まじよ。適性は知ってるけど、魔法の使い方がよくわからないわ」

「魔法は、学校とか行かないと教われないから……対価を払って冒険者に教えてもらうっていうやり方もあるけど、私たちそんなお金ないし……」

「そうか、じゃあまずは魔力操作から始めようか」

リュークは二人と向かい合うようにして立ち、説明を始める。

「まず魔法を使うには、自分の身体の中に流れる魔力を感じ取らなければならない」

「魔力……どうやって感じ取ればいいのかしら？」

「うーん、俺は物心がつく前から感じ取れてたから、感じ取るきっかけは話せないが……」

「物心つく前からって、そんなのお兄ちゃんだけでしょ……」

「感覚としては、身体の血の流れを感じ取るのに似てる。魔力は身体中にあるが、中でも血に含まれてる割合が多い」

「血の流れ……」

「とりあえず、脈を感じ取れる場所を触ってくれ。手首でも、首でもいいから手を当てて、心臓の音を感じ取ってくれ」

　アンは右手首に左手の人差し指と中指を当て、アナは首に両手を当てて心臓の音を感じ取ろうとする。

「……うん、心臓の音はわかったわ。走ったあとだから、結構速いわね」

「うん、私もわかったよー。それでどうすればいいの？」

「血の中にある、魔力を感じ取ってくれ」

「……え、説明はそれだけ？」

「ああ、ごめん。俺も感じ取ってくれとしか言えない」

「そんなの、できるわけ……」

「あ、お兄ちゃんできたかもー！」

「嘘《うそ》でしょ!?」

アンは無理だと言ったが、アナが軽々と魔力を感じ取ってしまった。

「多分これだよね？　なんか血の中に小さい粒が流れてる感じ……」

「ああ、それそれ」

「全然わからないわ……ただ今のにびっくりして脈が少し速くなったとしか……」

アナは本当に魔力を感じ取ってしまったらしい。

普通の人は、魔力を感じ取るには一週間はかかる。

あの魔帝のフローラでさえ、三時間はかかったのである。

それを、アナは感じ取ろうとして五秒ほどで感じ取った。

「アナはなんで魔力を感じ取れたの？　きっかけは何？」

「うーん……なんだろうな。何かに似てるんだよね……この感覚」

「そうなのか？」

アナは顎《あご》に手を当てて唸《うな》りながら考え込み——そして、思い出したかのように手を打った。

「わかった！　お兄ちゃんに抱きついた時の感じだ！」

「え？」

「は？」

アナの言葉に、二人は呆気《あっけ》に取られる。

「お兄ちゃんに抱きついた時に感じる、お兄ちゃんの身体が纏《まと》ってる空気？　雰囲気《ふんいき》？　に似てるんだよ！」

「……そうなの？　リューク」

「いや、わからんが……確かに俺の周りには俺の身体から漏《も》れてる魔力が充満してるかもしれないが……」

「そう！　抱きついた時に感じるお兄ちゃんの心臓の音とかにも、いま自分の魔力を感じ取ってわかったけど、いっぱい魔力が流れてた！」

「まあ、街の人たちを見る限り俺は普通の人より魔力はあるらしいからな」

普通の人よりではなく、リュークは世界最高に近い魔力量を持っているの間違いだが、それを知るのはヴァリーとフローラだけである。

「だからお姉ちゃん！　お兄ちゃんに抱きつけばいいよ！」

「……本気？」

「うん！　そうすれば多分すぐに感じ取れると思うよ！」

「……ってアナは言うのだけど、リュークはいいかしら？　その……私が抱きついて……」

「おう、いいぞ」

アンは頬を紅《あか》く染めながら、リュークに上目遣《うわめづか》いで問う。

リュークは恥《は》ずかしがる様子もなく、間髪《かんはつ》入れずに頷く。

「……じゃあ……い、行くわね？」

「おう」

「早くお姉ちゃん！」

「せ、急《せ》かさないでアナ！」

アンはゆっくりとリュークに近づき、リュークの目の前に立つ。

そして頬をさらに紅く染め、リュークの顔を見ないよう目を背《そむ》けながら抱きつく。

アンは顔を横に向けてリュークの胸に押し当て、体を預けるように体重をかける。

両腕は躊躇《ためら》いながらも、背中に回す。

リュークもアンの身体を受け止め、左手をアンの背中に回し、右手はアンの頭に乗せる。

頭に手を置かれたアンは、より一層顔が真っ赤になる。

「お姉ちゃん、どう？　魔力感じ取れる？」

「ちょ、ちょっと待って……今それどころじゃないから……」

アナの問いかけに、アンは余裕がない状態で答える。

アンはリュークの胸の中で、一度深呼吸し、気持ちを落ち着かせようとする。

そしてリュークは暇《ひま》だからか、アンの綺麗な金色の髪を撫《な》で始める。

「ちょっとリューク……余計なことしないでくれないかしら？」

「ん？　おお、すまない」

「い、いえ……嫌なわけではないけど……本当にこれ以上やられると何もできなくなるから……」

リュークは撫でていた手を止め、頭に手を乗せたまま動かさないようにした。

アンは何回か深呼吸して、気持ちをなんとか落ち着かせた。

頰はまだ少し紅かったが、最初よりは普通の状態に近づいた。

「……それでアナ。抱きついたのはいいけど、ここからどうすればいいのかしら？」

「お兄ちゃんに抱きついてると安心するでしょ？」

「え、ええそうね……ずっとこうしていたい気持ちになるけど、それとこれとは話が……」

「ううん、その安心する感じが自分の中にも流れてるの。お兄ちゃんよりかは少ないから感じ取るのは難しいけど、抱きつきながらだとわかると思うよ」

「そ、そうなの……？　ちょっと、試してみるわ……リュークは動かないでね」

「おう、大丈夫だ」

「お兄ちゃんの心臓の音も聞いて。そうすれば感じやすくなると思うから」

「わかったわ……」

アンはリュークの胸の中で目を閉じて、リュークの心臓の音に耳を傾けた。

気持ちを落ち着かせて、リュークの心臓の音を聞き、自分の身体の中の魔力を感じ取ろうと集中する。

数分間――アンは目を瞑《つむ》って集中し、そしてその時が訪れた。

「……あっ。これかしら……？」

「おっ、わかったのか？」

「ええ……確かに、私の血の中にもリュークの身体に感じるのと同じものがある。だけどやっぱり量が少ないわね」

「まあ、鍛《きた》えれば増えるから。大丈夫だ」

「ええ、そうね。リューク、ありが……とう……」

アンはリュークにお礼を言おうと、顔を上げる。

すると、抱きついていたので必然的にリュークの顔が間近《まぢか》に来て、視線が交錯《こうさく》する。

アンはアナより背が高いので、なおさらリュークとの顔の距離が近い。

魔力を感じ取るのに集中していたアンは、ふいにリュークと目が合ったので、途端《とたん》に恥ずかしくなって顔を真っ赤に染める。

男女が抱きついて、至近距離《しきんきょり》で見つめ合っているという状況になり、事情を知らない人が見たら完全に勘違《かんちが》いする状況である。

そして――事情を知らない人がこの場に突如《とつじょ》現れる。

「ここにいたかSS冒険者！　先程は逃げおって！　今度はそうはいかな……いぞ……？」

「え？」

「おっ、さっきの奴じゃん」

リュークはすぐにその人物がアメリアだということに気づく。

アメリアは三百メートルほど離れたところから、リュークたちを見つけていた。

そして、そこから『次元跳躍《ワープ》』したのである。

アメリアも、時空魔法の使い手であったのだ。

リュークたちの目の前に来て、目に留めたのは男女が抱きしめ合い、顔を近づけている光景だった。

それを、アメリアは当然のごとく誤解し、狼狽《ろうばい》する。

「す、すまない！　邪魔をするつもりはなかったのだ！」

「い、いや！　違うわ！　貴女《あなた》は勘違いしてるわ！」

「無粋《ぶすい》なことをしてしまった！　私は見ないから！　続きをしてくれ！　私は気にせず！」

アンは誤解を解くために、すぐにリュークと離れる。

アメリアは両手で目を覆《おお》うようにして、見てないアピールをする。

しかし、指の間からしっかりリュークたちの姿を捉《とら》えている。

「こ、これでいいだろ！　つ、続きをしてもいいぞ！」

「貴女それ完全に見てるわよね!?」

「見てない！　見てないぞ！　男女のアレコレを見たいなんてこれっぽっちも思ってないぞ！」

「心の声が駄々漏《だだも》れじゃない！」

「しまった！　言ってしまった！　だがそれなら直接見てもいいな！」

アメリアは両手を目から外し、瞬《まばた》きするのも惜《お》しむような勢いで目を見開く。

「さあ！　続けてくれ！」

「貴女、バレたからと言って堂々とすればいいというものじゃないわよ！」

「なんと!?　そうなのか!?　しかし、バレたのに隠しても意味はないだろ？」

「それはそうだけれど！　正論だけど正論じゃない！」

アンとアメリアの漫才みたいなやりとりをリュークとアナは遠巻きに見ていた。

「こいつら初対面だよな？　なんでこんなに息合ってるの？」

「私とお姉ちゃんの姉妹漫才と同じようなことを初対面でやるとは……あの人、できる！」

「いや、アナも何言ってんの？」

数分後アンとアメリアの漫才が終わり、落ち着いたところで四人は話を始める。

「で、あんた……アメリアだっけ？」

「その通りだ。もう一度自己紹介をしておこう。Ｓ級冒険者、『洪帝』のアメリアだ」

「はいはい、わかったわかった。で、そのＳ級冒険者のアメリアさんが俺に何か話があるのか？」

「ああ、史上三人目のＳＳ冒険者が隣町に現れたって聞いたのでな。どういう奴か気になって来たのだ」

アメリアは、リュークを下から上へと眺《なが》める。

「しかし、こうして見るとただの子供に見える。リュークといったな？　お前、歳《とし》はいくつだ？」

「十六歳だ」

「十六!?　子供だとは思っていたが、本当に子供なのだな！」

「子供子供言うなよ、あんな子供みたいに騒いでた奴に言われるとより一層腹が立つ」

先程まで男女が抱きついてる光景を見ただけで、狼狽《うろた》えていたアメリア。

「なっ!?　そ、それは関係ないだろ！　お前らがあんな体勢でいたのがいけない！　というかお前たち、十六歳でそんなことをしてるんじゃない！」

「だから違うって言ってるじゃない！」

「私なんて二十歳《はたち》になっても彼氏もいなければ男友達もいない……。ああ、なんか落ち込んで来た……」

「お兄ちゃん、勝手に自滅してるよこの人……」

アメリアは今までの自分の人生を思い出し、崩《くず》れるように膝《ひざ》をついてしまった。

「……よし、鍛錬再開するか」

「あれを無視するの!?」

「お兄ちゃんって結構鬼畜だよね……」

「勝手に落ち込んだ奴が悪い。あとあまり関《かか》わりたくない」

「それは同意するけど……」

「はっきり言うねお兄ちゃん」

リュークたちはまだ落ち込んでいるアメリアを横目に、少し離れたところで鍛錬を始める。

「よし、じゃあ二人とも魔力は感じ取れたな？」

「うん！　多分感じ取れてるよー！」

「そうね、リュークのおかげで……」

アンは先程のことを思い出したのか、少し頬を紅く染める。

「今のそれは体内で魔力を感じ取ってるだけだ。その魔力を身体の中で巡回させて練り上げて、魔法を使うために適した形に整えなければならない」

「なんか難しいよお兄ちゃん……」

「まあ、簡単に言えば身体の中で魔法を使うために準備をしなければならないってことだ」

「そういうことね……どうやってやるのかしら？」

「身体の中の魔力を感じ取ってまずは……手の先に魔力を集中させようとしてくれ」

「わかったわ……」

アンとアナは右腕を地面と水平になるように真《ま》っ直《す》ぐ伸ばして、目を瞑る。

そして、先程感じた魔力を手の先に集中させようとする。

「……駄目ね。魔力は感じ取れるけどそれを手の先に集めようとしても全然できない」

「私も……。お兄ちゃん魔力を集めるの、できないよ……どうやってやるの？」

「うーん、どう教えようかな。じゃあ、俺が見本、見せるから。見ててくれ」

リュークは二人と同じように右手を前に出す。

その手のひらは森に向けている。

「ここから……約一キロかな。離れたところに少し大きい魔物がいる」

「え……そんなのわからないよお兄ちゃん」

「森の中って……木が茂ってて一キロ先なんて見えない」

「ああ、目で見えてるわけじゃない。魔力反応を感じてるんだ」

「魔力反応だと!?」

リュークの言葉に今まで落ち込んでいたアメリアが驚いたように飛び起きる。

「一キロ先の魔物の魔力反応がわかるのか!?　そこまで魔力探知が可能なのか!?」

「ああ、半径二キロはいける。一方向に伸ばせば五キロちょっとはいけるかな」

「なんということだ……私は一方向に伸ばして三百メートルがギリギリだぞ……」

「ねえお姉ちゃん、魔力探知って何？」

「わからないけれど……今の話を聞いてる限り魔力を感じ取る力じゃないかしら？　それが強いと相当距離があっても感じ取れるらしいのね」

リュークは手のひらに自分の魔力を集中させ始めた。

「なんという魔力だ……凄《すご》い魔力量が手のひらに収束されている」

アメリアがリュークの魔力操作に驚いて目を見開いている。

「アン、アナ。よく見とけ、高速で撃ち出すから見えるのは一瞬だ」

リュークは小指だけを下に向けて拳《こぶし》を握ると、親指と人差し指を開いて狙《ねら》いを定める。

『炎銃丸《ヴァンバレット》』

リュークの人差し指の先から、炎の小さな塊《かたまり》が高速で撃ち出される。

肉眼ではほとんど見えない。

辛《かろ》うじて一瞬リュークの指先から何か赤いものが飛び出たと認識できるレベルだ。

「い、今のは大丈夫なのか!?　あんなに魔力量を込めた火属性魔法を森に向けて放ったら火事にならないか!?」

「いや、大丈夫だ。というかもう命中してるから」

「アナ、今の見えた？」

「ほとんど見えなかったけど……お兄ちゃんが魔法を放ったらしいね」

「じゃあ、ちょっと取ってくるな」

リュークは今仕留《しと》めた魔物のところまで時空魔法で跳《と》ぶ。

「なっ！　あやつは時空魔法も使えるのか⁉　私以外の時空魔法使いに初めて会ったぞ……。しかも魔力探知の範囲が私より広いから、跳べる距離も大きい。やはりＳＳ冒険者の名はダテじゃないか……」

アメリアが騒いでる間に、リュークは仕留めたという魔物を連れてまた跳んできた。

「なっ⁉　これは……ワイバーンではないか‼」

リュークが連れてきた魔物はワイバーン。

ドラゴンの頭、羽《はね》を生やし二足の脚《あし》で立ち、蛇《へび》のような尻尾《しっぽ》を持つ。

体長は約五メートル。

リュークが少し大きいと言っていたが、普通の人から見れば少しどころの話ではなかった。

ワイバーンは群れを作る。

しかし、時々こうして群れからはぐれたワイバーンが出現するのだ。

街に降り立った時は最悪。

一匹で小さな街なら一日で壊滅させられる。

このワイバーンは頭がなかった。

リュークが放った魔法が強靭《きょうじん》な鱗《うろこ》を破って頭に入り、内部で爆発したのだ。

そして、ワイバーンはドラゴンの一種。

アメリアは、こいつを倒してS級冒険者になったのだった。

「そんな……私が死闘を尽くして勝った相手に……一キロ離れたところから魔法一発で……」

アメリアはこれ以上はないくらいに落ち込み、膝をつき項垂《うなだ》れる。

「S級冒険者との力の差がそこまで離れてるんだお兄ちゃんって……」

「強いとは思ってたけど……まさかこれほどとは」

「……そこまで落ち込まれると俺なんも悪いことしてないのに悪いことした気持ちになってくるな」

リュークたちはアメリアをまた放っておく。

「よし、今ので魔力を集める感覚はわかったか？」

「お兄ちゃんの魔力が手に集まってたのはわかったよ！」

「魔法はほとんど見えなかったけれどね……」

「まあ今は魔力を集中させることが先決だから、魔法はまだいい。じゃあ、魔力を手の先に集中させてくれ」

アンとアナはリュークに言われた通りに鍛錬を再開する。

側《そば》にS級冒険者という冒険者の憧《あこが》れの存在がいるのに、それを無視するのはこの三人くらいだろう。

その無視されているS級冒険者、アメリアは……今もなお地面に突っ伏して落ち込んでいた。

その周りには、どんよりとした空気が流れていた。

「お兄ちゃん！　今ちょっとできた気がする！」

「おう、さっきより集まってるぞ。もっと集中させろ」

「うん！」

「……このくらいかしら？」

「ああ、初めてにしては上出来だと思うぞ」

「ありがとうリューク、魔力を集めるのは難しいわね……」

「最初はゆっくりでいいよ。慣れてくれれば走りながらでもできる」

「よーし、頑張るぞ！　お姉ちゃんに負けないように！」

「アナ、妹は姉に勝てないから妹なのよ」

「むかっ！　私の方が魔力感じたのは早いよ！」

「私の方が魔力操作は上手いわ。それに感じるのが早かったのはリュークのおかげじゃない」

「うう……お兄ちゃーん！　お姉ちゃんがいじめてくる！」

「お前ら本当に仲良いな」

魔力を集中させる鍛錬を始めてから、二時間ほど。アンとアナは魔力操作をでき始めていた。

アナは手のひらに集めるのがやっとだが、アンは既《すで》に指先に集めたり、集めるスピードが速くなってきている。

二人とも魔力を扱う才能は人よりはあるようだ。

「アンはそろそろ魔法を扱ってもよさそうだな。魔力を感じ取れなかったところから、一日でここまでくるとは大したものだな」

「リュークのおかげよ、ありがとう」

アンはリュークに笑顔を見せながら礼を言う。

「お姉ちゃんがお兄ちゃんと良い雰囲気だ……さっきは抱きついて良い雰囲気だったし……」

「アナ、思い出させないでくれないかしら……」

「お姉ちゃんさっきはお兄ちゃんに抱きついて顔真っ赤にして恥ずかしがってたのになぁー！」

「思い出させないでって言ったでしょ！」

「わー、お姉ちゃんが怒ったー、お兄ちゃん怖ーい」

アナが棒読みでそう言いながら、リュークの背後に隠れるようにアンから逃げる。

「姉妹喧嘩《げんか》は後でやってくれ」

「だってさ、お姉ちゃん」

「あんたのせいでしょう……」

「よし、じゃあアンは魔法の練習をしようか。アナは魔力操作の練習を続けてくれ」

「はーい」

アナは言われた通りに手のひらを前に出して、魔力を集中させる。

「よし、じゃあやるか。アンの属性は……」

「火属性と風属性、土属性よ」

「そうだったな。それでアナが水と光と闇だったな。見事に攻撃と支援が分かれてるな」

「そうなの？」

「ああ。火と風、土は攻撃魔法に特化している。その三属性を使えるんだったら、攻撃特化の魔法を使った方がいい」

「そうなのね……アナは支援の魔法なのかしら？」

「そうだな。水と光、闇は攻撃もあるが、支援魔法に適してる。特に水と光は治癒《ちゆ》魔法がある。闇属性も相手の行動を遅くしたり、味方の気配を消したりなど、支援に向いている」

「そう……結構いい組み合わせなのかしら？」

「ああ、鍛えれば二人だけで大体の魔物と渡り合えるだろうな」

「それは良かったわ」

「よし、最初は火属性がいいかな。ちょっと見本を見せたいが……」

リュークは辺《あた》りを見回す。

火を扱うにしてもここは草原で、どこに撃っても草や木がある。

すぐに水魔法で鎮火《ちんか》はできるが、あまり草木を燃やしたくない。

「おっ、そういえば……」

リュークの目に入ったのは、膝を抱えて座っているアメリアだった。

「なあ、アメリア……でいいのか？　ちょっと練習に付き合ってくれない？」

「……え？　私がか？」

アメリアは落ち込んでから時間が経ったので気持ちを立て直していたが、三人が集中して鍛錬してるのを邪魔してはいけないと思って声をかけずにいた。

そして、隅《すみ》に座って鍛錬を見ながらアメリアも魔力操作の練習をしていた。

「あんたの魔力操作を見た感じ、アンたちよりは全然上手いからな」

「…ふ、ふふふ、そうだろう！　当たり前だ！　私を誰だと思ってる！　S級冒険者だぞ！」

確かに魔力操作を覚え立ての者より、S級冒険者のアメリアの方が上手いのは当たり前だった。

「付き合ってくれるか？」

「え……ええ!?　つ、付き合うなど！　何を言っている!?　私とお前は会ったばかりであろう!?　し、しかしどうしてもというならやぶさかではないが……」

「ん？　何の話をしてるんだ？　魔法の練習に付き合ってくれるか聞いてるんだけど」

「え？　あっ……そ、そうであったな。わかってたぞ、私も」

顔を赤くして慌《あわ》てていたアメリアだが、リュークに言い直され、違う意味で顔を赤くする。

「アメリアの魔法適性は？」

「私は火と水、そして風だ。時空魔法も使えるぞ」

「おっ、時空魔法使えるんだ。やっぱり俺と母ちゃん以外にいるじゃん」

「いや、私はお前に会うまで他の時空魔法を使える者に会ったことなかったぞ……」

「そうなのか？　やっぱり少ないのか？」

「うむ。それで、私はどうすればいい？」

「ああ、俺に火属性の魔法を撃ってくれ」

「ん？　そんなことでいいのか？」

「ああ、アン。お前はしっかり見とけよ」

リュークとアメリアは互いに距離を取った。

そしてそれを少し遠くからアンが見ていた。

アナも魔力操作をしながら、その様子を見ていた。

「よし、では行くぞリューク」

「ああ、いつでもどうぞ」

「お前なら私の魔法を相殺《そうさい》できるだろうから……全力でいかせてもらおう」

「ん？　いや、アンの見本だから全力でやらなくても……」

リュークはそう説明するがアメリアは聞いていない。

「私の最大魔法だ、これを受け切ったものはいない。ワイバーンもこれで倒した」

「いや、そんな本気にならなくても簡単な魔法で……」

「これは魔力を練るのに時間がかかる。しかし、その威力《いりょく》は人智を超える。受けてみよリューク」

アメリアは自分の全魔力を使うつもりで魔力を練り始める。

周りの空気が変わる。

空気の流れがアメリアに向かって収束しているようだ。

そして時空魔法でしまっていた、身の丈《たけ》ほどの杖を異空間から取り出す。

「私は『洪帝』のアメリア。水を使う魔法を得意とする……私をS級冒険者まで駆け上らせた魔法をとくと味わえ」

「いや、だから火属性の魔法をアンに見せるだけで……」

魔力は収束し、杖の先に集まる。

そして――アメリアは杖をリュークに向ける。

「喰《く》らえ、私の最大魔法――『津波《ツナミ》』」

――瞬間、リュークの眼前は激流で埋まった。

水の高さは約五十メートル。
その激流の波が、リュークへと迫る。
この波に呑《の》まれたら、リュークといえどひとたまりもないだろう。
「これは……凄い魔法だ。少し、本気を出そう」
リュークは既に収束させていた魔力を解き放つ。
「『炎壁《フレイムウォール》』」
目の前に、炎が激流の水を阻《はば》むように出現する。
高さは約七十メートル。
炎の勢いも強く、激流の水を全て覆うようである。
そして、その二つの魔法が激突する。
——瞬間、爆発が起こる。
水は、熱せられると水蒸気となる。
その際、水の体積は約千七百倍になる。
二つの魔法がぶつかり合うことで、水は瞬間的に蒸発し体積は増大。
それが爆発を生む。
水蒸気爆発——と呼ばれる現象である。
爆風が広がり、爆音が辺りを埋め尽くす。

水蒸気でリュークたちの視界も白く染まる。

そして水蒸気がなくなり、そこにあるのは──炎の壁だった。

リュークの魔法が水を全て呑み込み、今なおそこにあったのだ。

リュークは魔法を消し、炎の壁がなくなる。

「……よし、これが魔法だ。アン、参考になったか？」

「なるわけないでしょ！」

アンの激しいツッコミがリュークを襲った。

「次元が違いすぎるわ！　あんなの見せられて、私はどうすればいいのよ！」

「凄かったねお姉ちゃん……アメリアさんの魔法も凄かったけど、それを破るお兄ちゃんの魔法って……」

アンとアナが、リュークに近づきながら話す。

「いや、俺のもアメリアのも簡単な魔法の応用みたいなものだ。アメリアのあの波の勢いや大きさを作るのは大変だがな」

「はあ……はあ……。私が何年もかけて試行錯誤を繰り返して作った魔法を……簡単な魔法の応用とは言ってくれるな……」

「お疲れ、アメリア。凄かったぞ。さすがＳ級冒険者だ」

「皮肉にしか聞こえんぞ……」

アメリアが息を切らし、ふらつきながらリュークたちに近づいてきた。

「まさか『炎壁《フレイムウオール》』で防がれるとは思ってなかったぞ……。あんなの火属性の本当に初歩の魔法だ。さすがに私も心が折れるぞ……」

『炎壁《フレイムウオール》』

盗賊団のボス、アルンもリュークとの戦いの時に使っていた。

アルンは自分の周囲を覆うくらいの炎だったが、リュークのは津波を相殺するほどの大きさだった。

「いや、あなたさっきから折れてなかった？」

「お兄ちゃんがワイバーンを狩ってきたところから折れてるよね」

「……ああ……私の心が音を立てて折れていく……」

「お前らトドメを刺すな」

アンたちの容赦《ようしゃ》のない言葉をリュークが止める。

「というか、あの魔法俺が止めてなかったらアンたちを巻き込んでたからな」

「そうね、水が迫ってくるところで目の前に炎の壁が出てきてたわ」

「凄い爆発起こったよね。水と火がぶつかったらあんなになるんだね」

「私は知っていたが、あんな大きい爆発は初めてだ。やはりあの水の量だったからな」

「あれも危なかったけどな。爆風がアンたちを襲ってたら普通に吹っ飛んで重傷だ」

「え？　そういえばそうね……だけど私たちのところに風は来なかった……考えてみると妙ね」

「そりゃあ俺がいかないようにしたからな、魔法で風操って」

「お兄ちゃんそんなこともしてたの？」

「私のところにも来なかった……私は守られていたのか。凄い勢いで自信がなくなるぞ……」

「まあ、魔法の種類というか、水の使い方がわかってないな。水はただぶつけても大した威力にならない。まああれだけの量だったらかなりの威力だが、それでも限度がある」

「うっ！　それは私もわかっていたが……私は水魔法が得意なのだ。あれしか攻撃の仕方がわからないのだ」

「水魔法の応用で氷は作れないのか？」

「氷？　作れるぞ、ほら」

　アメリアは手のひらを上に向ける。

　すると手のひらに氷の粒が出てくる。

「水魔法って氷も作れるんだね……結構便利だね」

「私は水は使えないけど、アナならできるわね」

「まあそうだな。結構操るのに時間がかかるが……まあアメリアならできるよな」

「それくらい当然だ、一応Ｓ級冒険者だぞこれでも」

「それを攻撃に使えばいいんじゃないか？」

「氷を攻撃に？」

「ああ、氷を鋭くさせて風で飛ばせば、いい威力になるんじゃないか？　風魔法も使えるんだろ？」

「はっ！　そ、そんな手があるなんて……」

「え、氷ができるならそっちで攻撃した方がいいと思うのだけれど……」

「まさかアメリアさん、そんなことも考えられなかったの？」

「……」

「だからお前らアメリアを虐《いじ》めてやるな」

アメリアがまた落ち込みそうになるが、何とか持ちこたえる。

「まあ後は水の使い方だが……水を一点に集中させて勢いよく放つとこんなこともできる」

リュークは森へと右手を向けて、ワイバーンを倒した時と同じように右手の人差し指から魔法を放つ。

「『水光銃《ウォーターレーザー》』」

人差し指から一筋の水の線ができる。

それが森の木を貫通する。

そしてリュークが少し指を横にズラすと、水の線も横にズレて木を切り倒す。

「なっ！　今のはなんだ!?　水が木を切ったぞ!?」

「水は一点に集中して勢いよく出すと、剣にも勝る切れ味を見せる。極《きわ》めればワイバーンの鱗も貫通するぞ」

「なんだと……そんなことが……」

アメリアはリュークたちと会って、何度も驚愕した。

しかし、今回は驚いて落ち込むのではなく、歓喜《かんき》の驚きであった。

「……私は……まだ強くなれるのか。ふふふ……感謝するぞリュークよ！」

アメリアは今まで、火と水と風、そして時空魔法でやってきていた。

しかし、火と風は水の魔法ほど得意ではなく威力不足で、得意とする水は攻撃に向いてない。

時空魔法も攻撃の技はなかった。

それでも、Ｓ級冒険者まで駆け上がったのだ。

水魔法の攻撃魔法が不十分な状態で。

「そうだな、お前はまだまだ強くなれるな」

「Ｓ級冒険者になったものの限界を感じていたが……まだまだなのか私も」

アメリアは自分が未熟なことを知り、落ち込むどころか、むしろ喜んでいる。

自分でまだまだ、と言いながらその顔は歓喜に溢《あふ》れている。

「私もここで練習していいか？　邪魔はしない」

「ああ、いいぞ。ついでだから教えてやるよ」

「感謝するぞ」

「……私たちも練習しましょう、アナ」

「そうだね、お姉ちゃん。アメリアさんがまだまだなら、私たちなんてゴミみたいなものだしね」

「……私はそこまでは思わないけど、まあそうね」

アメリアの言葉を聞き、アンたちも練習を再開する。

図らずも、アメリアの存在はアンたちに大きな影響を与えてるようだった。

そして四人が鍛錬を再開し、日が沈んでいく——。


夕日で、草原が紅く染まり始めた。

「そろそろ帰るか。朝から鍛錬やってたから疲れただろ？」

リュークがアンたちに声をかける。

「そうね、言われてみると疲れてる……」

「そういえばお昼ご飯食べてないよ私たち……」

「ああ、忘れてたな。明日からは弁当作ってこないとな」

「あ、依頼の薬草集めもやってないわ！」

ギルドで受けた依頼をアンが思い出して慌てる。

「あ、お前らが集中して鍛錬してる間に俺が集めといたぞ」

リュークは集めた薬草を時空魔法で作った異空間から取り出す。

「え……あ、ありがとうリューク」

「だけどお兄ちゃん、これ多すぎ……」

リュークが取り出した薬草は、リュークの腰に届くほどの山となっている。

「そうなのか？　量とか聞いてなかったから、あるだけ持って来たが」

「普通はまずこれだけの量持てないからね……お兄ちゃんの魔法があるから持てる量だね」

「これだけあれば追加報酬が貰えるわ、ありがとうリューク」

「おう、どういたしまして」

リュークは薬草をもう一度異空間にしまう。

そして少し離れたところにいるアメリアの方を向く。

「おーい、アメリア！　そろそろ帰るがお前はどうする!?」

アメリアはリュークの声に気づいたように振り返る。

「ん？　そうか、じゃあ私も今日の練習はここまでにしよう」

アメリアの周りを見ると、草が凍《こお》っていた。

そしてアメリアの目の前には——とても大きな氷ができていた。

高さは五メートルほど、幅も厚みも三メートルくらいある。

リュークたちはアメリアに近づきながら話す。

「結構氷扱うのに慣れたか？」

「そうだな。氷を飛ばしての攻撃はもちろんのこと、その他にも地面に水を流しそれを凍らせ、相手を拘束することもできるようになったぞ」

アメリアは小鼻を少し膨《ふく》らませながら、胸を張って言う。

「だからここら辺の草とか凍ってるんだね」

「そうね、さすがS級冒険者って感じね……」

アンとアナが凍った草を踏んで硬《かた》さを確かめるようにしている。

リュークも大きな氷の前に立ち、拳でドアを叩《たた》くようにして強度を確かめる。

「うん、なかなか硬いな。氷は中に空気とか、不純物がないほど硬く、溶けにくい。そこを極めていけばもっと硬くなると思うぞ」

「そうか、わかった。しかし、先程のワイバーンなどを倒すにはまだ威力というか、何か足りないな……。このような大きな氷を作るには時間がかかるし、風魔法で飛ばすにも重すぎる」

「そうか？　そこまでではないだろ？　ほら」

リュークは風魔法を発動させ、五メートルほどある氷を浮かせて、前方に勢いよく飛ばす。

数十メートルほど高速で飛んでいき、地面に触れると地面を削《けず》りながら次第《しだい》に勢いをなくし、リュークたちから百メートルくらい離れたところで止まった。

「な？」

「な？　じゃないんだよ！　それが私にはできないと言っているのだ！　そう簡単にやるんじゃない！」

「鍛えればできる、頑張れ」

「頑張るけど！　鍛えるけども！　なんかお前に応援されても素直に頑張れないぞ！」

アメリアは地団駄《じだんだ》を踏むように悔しがりながら言う。

「リューク、もう帰りましょう」

「お兄ちゃん、早く帰ろう！」

アンとアナは街の方を向いて歩き出し、帰ろうとする。

「ん？　おい、違うぞお前ら」

「え？　なに……？　なにが違うのかしら？」

「え、まだ帰らないの？　さっき帰るって……」

リュークに呼び止められ、アンたちは不思議そうに問いかける。

「歩いて帰るんじゃない、走って帰るぞ」

「「え？」」

二人はリュークの言葉を聞いた途端に顔を歪《ゆが》める。

「お前らは体力をつけないといけないんだから、当然だろ？」

「え、いやだって……今まで鍛錬で疲れてるのよ？　帰りはさすがに歩きで……」

「疲れてるからこそだろ」

「む、無理だよお兄ちゃん……死んじゃう……」

「大丈夫だ、人はそんな簡単に死なない」

リュークはニッコリと笑いながら二人にそう告げる。

「ほ、ほらアメリアさんもいるし……。帰りはゆっくり話しながら……」

「ん？　私は大丈夫だぞ。これでもS級冒険者だ、体力には自信がある」

アンはアメリアに救いを求めたが、アメリアはそんなこと気づかずに答える。

「嘘でしょお兄ちゃん……？」

「俺は生まれてこのかた、嘘はついたことないぞ」

アナは引きつった笑顔でリュークに問うたが、リュークはバッサリと無慈悲《むじひ》に答える。

「じゃあ、走って帰るぞ。大丈夫だ、完全に暗くなるまでには街には着くからな」

夕暮れの森に、二人の女の子の悲鳴が響いた――。

日が完全に沈むギリギリ、まだ街に少しだけ陽《ひ》の光が当たってる頃にリュークたちは街に着いた。

「よし、お疲れ様二人とも」

「もう……ダメ、死ぬわ……」

「お姉ちゃん……死ぬときは一緒だよ……」

街の門から中に入り、少し歩いたところでアンとアナは倒れている。

「こんなんじゃ死なねえって……アメリアは余裕そうだな」

「まあ、この二人のペースに合わせていたからな。最後の方など、歩くより遅かったぞ」

アメリアはリュークの隣に立ち、汗を袖《そで》で拭っている。

「ほら、お前ら立て。ギルドに行って薬草届けないといけないんだぞ」

「そ、そうね……あと十分待ってくれない？」

「私もあと五分は欲しい……」

リュークは溜《た》め息をつきながら渋々《しぶしぶ》了承した。

十分後、アンとアナがようやく回復し、四人はギルドに向かう。

「お前ら本当に体力つけないとな。この先冒険者としてやっていけないぞ？」

「わかってるわ……アメリアさんもやっぱり体力あるものね」

「アメリアでいいぞ、リュークの連れにさん付けされても違和感があるからな」

「俺の連れってわけでもないけどな……」

「私とお姉ちゃんはお兄ちゃんの……弟子？　それだったら連れって感じだね！」

「そうね、前にもそんな話でたけど、リュークは私たちのお師匠様だから」

「なんかむず痒《がゆ》いからやめてくれ……」

リュークは苦笑しながらも楽しそうにアンとアナと話す。

「ふふふ、三人は仲が良いのだな。師匠か……私は独学だからな、そういう者はいないな」

「そうなの？　それであんなに魔法ができるのは凄いわね」

「自分で言うのもなんだが、天才だからな私は！」

アメリアは胸を張って言うが、隣を歩いてるリュークをチラッと見て少し落ち込む。

「まあ、今日自分より数段上の天才の存在を知ったが……」

「ん？　俺か？　俺は母さんに教えてもらったからな、独学でそこまでできるアメリアも凄いぞ」

「そ、そうか？」

「ああ、本当に凄いと思ってるぞ」

「そ、そうか！　やっぱりそうだよな！　私は天才だからな！」

「見るからに元気になったねアメリア……」

アナが満面の笑みのアメリアを見て、少し呆《あき》れる。

そしてしばらく歩き、四人はギルドに到着する。

中に入ると、酒を飲んでる冒険者などがいて、朝来た時より賑《にぎ》やかになっている。

リュークたちはカウンターに向かうと、メリーがまだ仕事をしていた。

そしてカウンターの前には三人の女冒険者がいた。

「アメリア様！　ようやくお帰りに！」

三人の女冒険者たちがアメリアに近づいてくる。

「ずっと待っておりましたアメリア様」

「今までどこにいらしたのですか？」

三人はアメリアに問い詰めるように近づいてくる。

「え、えっと……お前たちを忘れていたわけじゃないぞ？　本当だぞ？　ただその……なんというか……」

アメリアは三人の追及に顔を背けながらしどろもどろになっていた。

「はあ……まあわかっておりましたが」

「絶対忘れてるだろうなと思ってましたよ～」

「可愛いですアメリア様……」

二人の女冒険者は、溜め息をつきながらアメリアに言い放つ。

アメリアはまたもや落ち込むように項垂れる。

女冒険者の一人が他の者とは何か違う反応をしていたが、リュークはそれらを無視してメリーに話しかける。

「メリー、依頼達成を報告したいのだが」

「あ、リュークさん！　お帰りなさい！」

メリーは仕事を中断し、リュークに対応する。

「依頼は薬草採取ですね。では、カウンターに薬草を出してください」

「ん？　ここでいいのか。ちょっと量多いけど」

「え、そうなんですか？　どのくらいですか？」

「そうだな……このカウンターに出したら溢れて床に落ちるかな」

「そんなにですか!?　で、では個室を用意しますので、そちらにお願いします！」

メリーはリュークとアン、アナを個室に案内する。

個室に移動して、リュークは異空間から薬草を全て取り出す。

「こ、こんなに……」

メリーはその量に唖然《あぜん》するが、すぐに鑑定に入る。

メリーは慣れた手つきで薬草を見ていき、全て確認し終えた。

「確かに全て薬草です。しかしこの量……凄いですね」

「私とアナは何もしてないわ。リューク一人で集めたのよ」

「この量を一人で!?」

「お兄ちゃんってやっぱり凄いよねー」

メリーは驚きながらも薬草の量を計り、報酬を計算する。

「えっと……依頼達成により三千ゴールド。そして追加報酬として、二万ゴールドです」

「追加報酬多いな、達成報酬の六倍以上か」

「この量ですからね……」

「そのお金はお兄ちゃんが受け取ってよ、私とお姉ちゃんなんもしてないからね」

「そうね、それがいいわ」

「そうか？　じゃあ貰っとくわ。メリー、そのお金もギルドカードで買い物ができるようにギルドに預けておいてくれ」

「わかりました、リュークさんの口座に入れておきますね」

リュークたちは個室から出て、カウンターに戻る。

そこにはまだアメリアと三人の女冒険者たちがいた。

そして女冒険者の一人がリュークを見て、思い出したようにアメリアに話しかける。

「アメリア様、リュークとやらにあのことを話しましたか？」

「あっ……話してない……」

「やっぱり……」

女冒険者はまた溜め息をつく。

「あのこと？　あのことってなんだアメリア？」

リュークはその会話を聞き、アメリアに話しかける。

その際、女冒険者の一人が、リュークがアメリアのことを呼び捨てで呼んでることに気づき、キッとリュークの方を睨《にら》んだがリュークは無視する。

「ああ、今日は本当はこのことを伝えにリュークに会いに来たんだ。実は……」

「ちょっといいかな？」

アメリアが話そうとした瞬間、リュークは後ろから声をかけられる。

振り向くと、そこには若い男性がいた。

「この街にＳＳ級冒険者のリュークっていう者がいると聞いたが、どこにいるか知らないかい？」

その男性は爽《さわ》やかな笑顔で話しかけてきた。

「俺がリュークだが……あんたは？」

リュークがそう答えると、男性は少し驚いたような顔をする。

「そうなのかい？　へー、君が……。思ったより若いんだね」

「僕は『貴公子』、ルーカス。Ｓ級冒険者さ」

第4章　決闘

その男性はキラッとした瞳《ひとみ》を光らせて言い放った。

身長は一八〇センチくらいで、金髪。

顔立ちは整っていて、爽《さわ》やかな笑顔を見せている。

腰に剣を携《たずさ》えている。

そして今の自己紹介を耳にしたギルド内の冒険者たちが騒ぎ始めていた。

「おい、ルーカスだと⁉　S級冒険者の中でも名高い剣士じゃないか⁉」

「マジかよ！　本物初めて見たよ！」

「アメリアもいて……S級冒険者が二人もいるぞ……」

「ルーカス様……お噂《うわさ》は聞いていたけど、なんてカッコいいの……」

周りの者が口々に呟《つぶや》いている。

女性冒険者の反応が、アメリアに対するよりも大きかった。

それを聞いたルーカスもにこやかに笑っている。

「あはは、僕も有名になったものだね」

ルーカスは騒いでいた女性の方を向いて、笑顔で手を振る。

女性冒険者も黄色い声を上げて喜ぶ。

「おい、すっごいデジャブを感じるぞ……」

「朝に見た光景ね」

「アメリアと同じ……」

リュークたちは、うんざりしたような顔でアメリアをチラッと見る。

「……ん？　私の顔に何かついてるか？」

「いや何も……なあ、俺たち帰っていいかな？」

リュークがそう呟くと、それが聞こえていたらしく、ルーカスが振り向く。

「おっと、すまないね。ファンサービスをしていたからね。君のことを忘れていた」

「いや、別に忘れられていても良かったんだけど」

リュークはそう小さく呟くが聞こえなかったのか、ルーカスは喋《しゃべ》り続ける。

「ん？　そこにいるのはアメリアかい？　久しぶりだね」

ルーカスはアメリアに今気づき、話しかける。

「……」

「どうしたんだいアメリア？　ぼーっとしちゃって」

「すまない、誰だお前は」

——その場の空気が一瞬止まる。

ルーカスの笑顔も一瞬固まるが、すぐに何もなかったかのように話す。

「いやだなアメリア、僕だよ。前に一緒に魔物を倒したじゃないか」

「……ダメだ、思い出せん」

今度こそ爽やかな笑顔が崩《くず》れてしまう。

「アメリア様、三カ月ほど前のホワイトウルフの群れを討伐《とうばつ》した時だと思われます」

アメリアの取り巻きの一人がそう伝える。

「む、あの時か。……しかし、こんな男いたか？」

「アメリア様は興味ない者のことはすぐに忘れてしまいますからね〜」

「そんなアメリア様も愛《いと》おしいです……」

ルーカスは少しショックを受けたようで、不器用に笑っている。

「ま、まあいいさ。それよりリューク君、といったかな？」

「ああ、そうだ」

「君に話があって僕は来たんだ。まだギルドにいてくれて助かったよ」

「そうか。で、その話ってのは？」

リュークは早く帰りたいので、すぐに言うように促《うなが》す。

ルーカスは咳払《せきばら》いをして、少し溜《た》めてから言い放った。

「君を、我が『クラン』に招待しよう！」

「な、なんだと!?　『クラン』だと!?」

リュークは驚いた様子であった。

「ふふふ、そうだよね。驚くだろうね。なんていったって、団長の僕が直々《じきじき》に招待しに来たのだからね」

ルーカスは胸を張ってリュークの驚いた様《さま》を見ていた。

「『クラン』って……なんだ？」

——ガクッという音が聞こえるかのようにルーカスは崩れる。

「メリー、『クラン』って？」

カウンター内にいる受付嬢のメリーにリュークは説明を求める。

「『クラン』というのは、冒険者同士の組織みたいなものです。大規模な依頼や魔物討伐などにその組織、『クラン』の冒険者たちが協力し合って、依頼達成などをします。実績に応じて、追加の報酬《ほうしゅう》などもギルドから支払われたりもします」

「なるほど……そういうものがあるんだな」

「『クラン』にもランクがあり、ルーカス様が団長の『白のクラン』はA級のクランで、クランの中でもトップスリーに入っています」

「ふふふ、そうだね。説明ありがとう、麗《うるわ》しい受付嬢さん」

メリーの説明に気を良くしたのか、笑顔でお礼を言う。

メリーも戸惑《とまど》いながら会釈《えしやく》する。

「そんなトップスリーに入っている『白のクラン』の団長である僕が直々に、君を招待してあげよう！　君が活躍すればすぐに副団長の座につけることも考えるよ！」

満面の笑みで両手を広げて、歓迎の意を表す。

ギルド内の冒険者たちも、リュークを羨《うらや》ましそうな顔で見ている。

「え？　結構だけど？」

――ルーカスの笑顔に、ピシッと亀裂《きれつ》が走る。

「……え？　み、耳が悪くなったのかな僕は……今君はなんと言ったのかな？」

「そのクランってのに入らないって言ったんだ」

先程のアメリアの言葉にも苦笑ながら完全には笑顔を崩さなかったルーカスも、リュークの言葉を聞いて笑顔が消える。

「団長の僕が……君を入れてあげようと言っているんだ。なぜ断るのかな？」

爽やかな笑顔が消え失《う》せ、少しリュークを睨《にら》んでいる。

「そんなのに入らなくてもやっていけるからな。それに……」

「……なんだい？」

「俺より弱い奴《やつ》の言いなりになるのは嫌だからな」

その言葉に顔を歪《ゆが》め、リュークをしかと睨む。

「……なんだと？　僕が？　君より弱いだと？」

「ああ、そうだな」

「舐《な》めたことを言うじゃないか……」

ルーカスはリュークの目の前に立つ。

ルーカスの方が身長が高いので、目線を合わせるとリュークが見下ろされる形になる。

「ガキがいい気になるなよ……ＳＳ級だかなんだか知らないが、俺より強いだと？」

先程より低い声で、リュークだけに聞こえるように言う。

「事実を言ったまでだが？」

「……いいだろう、その自信へし折ってやろう」

ルーカスが小さくそう呟くと、ギルド内全員に聞こえる声で喋り出す。

「リューク君は僕が強いか試したいのか！　ならば明日の朝！　ここで決闘を行うことにしよう！」

その言葉にギルド内の冒険者たちが騒ぎ始める。

どちらが強いかなどの予想が飛び交《か》い、賭《か》けを始める者もいる。

「逃げるなよ……大勢の観客の前で貴様に恥《はじ》をかかせてやる」

ルーカスはまた、リュークにしか聞こえないように小さく呟く。

「……俺は別にこれからでもいいけどな。今すぐにやらないのか？」

ギルド内の冒険者たちもリュークの言葉を聞き、すぐに戦いが始まるのかと期待するような顔でルーカスを見る。

「……君が今日は依頼で疲れてるだろうからね。やるなら万全の状態でやりたいじゃないか」

笑顔でリュークの肩に手をやりながらギルド内全員に聞こえる声で言った。

「俺は疲れてないがな……まあ、そういうことにしといてやるよ」

リュークもその言葉にそう答える。

「じゃあ、明日の朝、ギルドに来てくれ。ここには訓練場もあるからね。そこで決闘をしようじゃないか」

「わかった」

「じゃあまた明日、ここで会おう」

ルーカスは明日の決闘のことで沸《わ》いているギルド内を出口に向かって歩き、そのまま出て行った。

ルーカスが去った後も、ギルド内はまだ明日の決闘のことで盛り上がっていた。

そんな喧騒《けんそう》の中、メリーがリュークに話しかける。

「リュークさん……大丈夫なんですか？」

「ん？　何が？」

「ルーカス様との決闘についてですよ！　あの方は二十歳《はたち》という若さでS級冒険者になって、自分で結成したクランもすぐにトップ入り。二年間冒険者稼業《かぎょう》をしていて、何回も凶悪な魔物たちを倒してきたんですよ」

メリーがルーカスの強さを語る。

ルーカスは、初めて『ランク決め玉』を触ってS級と判断された『大物ルーキー』として冒険者になった。

そしてその強さは幾度《いくど》となく発揮《はっき》され、今やS級冒険者の中でも実力はトップクラスであった。

「いくらリュークさんでもルーカス様に必ず勝てるとは……」

ここで今まで黙っていたアンたちが口を挟《はさ》む。

「メリー、大丈夫よ。リュークならあんな男より強いわ」

「そうだよメリー！　お兄ちゃんなら大丈夫！　今日もお兄ちゃんの魔法見てやっぱり強いってわかったし！」

「違うのよアン、アナ。リュークさんの魔法が凄《すご》いってことは私もわかってる。だけどルーカス様は『剣士』。魔法使いと剣士が一騎《いっき》討《う》ち。いくらなんでも不利すぎるわ」

魔法使いは魔法を使う際、必ずといっていいほど『溜《た》め』がある。

魔力を循環《じゅんかん》させ、魔法を放つまで集中しないといけない。

魔法使い対剣士。

普通ならばその『溜め』の隙《すき》を突かれて、剣士が勝つ。

もはや勝負にすらならないといっても過言ではない。

「おいメリー、俺は魔法使いじゃないぞ？　『魔法剣士』だ。剣も使える。まあ俺は刀《かたな》だけどな」

リュークのその言葉に、アメリアが反応する。

「何!?　リューク、お前が『魔法剣士』だと!?」

「ああ、そうだな」

「なぜ剣も扱うのだ？　お前の魔法の腕なら剣など扱わなくてもいいではないか！」

「なんでって言われても……そうしてきたからとしか……」

「剣など使っていたら魔法が疎《おろそ》かになる！　それにあれほどの魔法だ！　剣など付《つ》け焼《や》き刃《ば》にすぎんのだろう！」

アメリアが見たリュークの魔法は文字通り、『規格外』。

そんな魔法を使える者なら想像できないほどの練習をしてきただろう。

魔法の練習を膨大《ぼうだい》にしてきた者が、剣を扱うにしても魔法ほどの達人《たつじん》ではないはず。

アメリアはそう考えた。

「おいおい、付け焼き刃とは言ってくれるな。自分で言うのもなんだが――俺は刀を扱う方が得意だと自負してるぞ」

しかし、リュークはその考えを否定する。

「なっ!?　あれほどの魔法だぞ！　それより剣を扱う方が上手《うま》いと言うのか!?」

「まあ、そうだな……剣なら父ちゃんに勝ったことあるしな。魔法で母ちゃんに勝ったことないんだよ」

「なんだと……？　あの魔法より強い者が存在するのか……」

リュークが剣の方が得意だと言った理由はそこにある。

リュークの父、剣神ヴァリーと幾度となく手合わせして負け越してはいるが、勝つことはできている。

しかし、母のフローラ、魔帝には一度も魔法で勝ったことがないのだ。

『ふふふ、年の功よ』

『おい、それじゃ俺が弱いみたいじゃないか』

『あら？　私に負け越してるあなたは弱いでしょ？』

『くっ……ぐうの音《ね》もでない……』

リュークはそんな会話を父と母がしていたことを思い出した。

「それに魔法だけだったら近接戦闘の時どうするんだ？　魔物相手でも近接戦闘は必須《ひっす》だろ

う？」

「それは一人だった場合だろう。普通魔法使いはパーティーを組んで、遠くから魔法を使うんだ」

「そうなのか？　俺は一人でやってきたからわからないな。これからもそのつもりだし」

「なんという規格外だお前は……」

アメリアが苦笑気味に呟く。

「そういうお前も、ワイバーンを一人で倒したとか聞いたが？」

「私には時空魔法があるからな。攻撃を避《よ》けるのは簡単なことだ。避けながら魔法を扱うことには慣れている」

「ほー、そうか。だけどやっぱり、強くなるには一人で強敵を倒すことが必要。それには最低限回避、ということができないといけない」

「……まあそうだが、剣術の方が上手いというのは意味がわからん」

やはり納得がいっていないのか、アメリアはリュークを疑うような目で見る。

「まあそれは置いといて、ということで今言った通り、アンとアナにも近接戦闘の手段を身につけてもらうからな」

「え？　そ、そうなの？　私たちは魔法だけ教えてもらうつもりだったのだけれど…」

「お前ら二人で冒険者稼業をやっていくんだろ？　そしたら魔法だけじゃなく、最低限相手の攻撃を回避することは必須。ということでそこも鍛《きた》えていくぞ」

「……お姉ちゃん、私死にたくない」

「え？　私たち死ぬの？　……そうね、その可能性は否定できないわね」

アンとアナは、絶望した顔で虚空《こくう》を見つめている。

「まあ、とりあえずもうギルドには用がないから帰ろうぜ」

「……そうね、帰りましょうか」

「そうだね……」

二人は明日からの鍛錬を想像して、元気がなくなっているのか覇気《はき》がない声で答える。

「アメリアはどうするんだ？」

「むっ、私たちは宿があるから……」

「アメリア様、宿があるのは隣街です。この街では宿をとっていません。そして今からでは宿をとるのは難しいかと……」

「なんだと!?　なぜ私がいない間にとらなかった!?」

「アメリア様がこんなに遅くなるとは思っていなかったので。さすがに朝に出かけて、夕方に戻って来るとは思いませんでした」

「……すまない」

「しょぼんとするアメリア様……可愛《かわい》いです」

アメリアとその連れの三人は宿がなく、泊まる場所がないらしい。

「ねえメリー、アメリアたちを家に呼んでもいいかしら？」

「そうだね、リビング広いし、みんな泊まれるよ！」

「……そうね、大丈夫よ。アメリア様、そういうことで私たちの家に泊まりませんか？」

アンとアナがそんな四人を見かねて提案する。

メリーもその提案を承諾《しょうだく》し話しかける。

「い、いいのか？　すまない。世話になる」

「ありがとうございます、メリー様」

アメリアが礼を言い、それにならいあとの三人も礼を言う。

「じゃあアン、アナ。それにリュークさん、先に帰っててください。私はもう少し時間がかかるので」

「おう、わかった」

「うん……頑張ってね、メリー」

「また後でねメリー！」

メリーとリュークたちはひとまず別れて、アメリアたちを連れて家に帰る。

その際、急遽《きゅうきょ》人数が増えた夕飯の準備のためにアンとアナは買い物をしないといけなくなり、二手に分かれた。

そしてリュークはアメリアたち四人と家に向かうことになった。

「そういえば名前聞いてなかったな。知ってるとは思うが、俺はリュークだ。よろしくな」

「私はテレシアです」

「エイミーで～す」

「……サラです」

三人は順番に名乗る。

テレシアは礼儀正しく頭を下げて名乗る。

エイミーはウインクしながら名乗り、サラだけはリュークを鋭く睨みながら名乗った。

「三人は赤髪だが……姉妹とかか？」

テレシアは長髪で腰くらいまで流している。

エイミーは肩くらいまで伸ばした髪をポニーテールで纏《まと》めている。

サラはシンプルな短髪という感じであった。

「そうです、私が十八歳で長女。エイミーが十七歳、サラが十六歳です」

「そうなのか？　じゃあサラは俺やアンたちと同い年か」

「なっ!?　あんた、あたしと同い年なの!?」

リュークの発言に反応したのは、末っ子のサラだった。

「ああ、そうだが……」

「それなのにあんた！　お姉様たち、それにアメリア様にまで敬語を使わないなんて！」

「あー、ごめんな。俺敬語使えないんだ」

リュークは今まで生きてきて、父親と母親としか喋る機会がなかった。

もちろん、両親に敬語を使ったことはなかった。

「なんて不敬な！　こんな奴がSS級であるなど冒険者ギルドもどうかしているわ……」

「いや、ランクは実力で決まるから関係ないだろ」

サラは片手を額《ひたい》に当てて溜め息をついている。

「サラよ、リュークの腕前は私を遙《はる》かに凌駕《りょうが》しておる。格上の者が格下に敬意など払わなくてよいのだ」

「は、はいアメリア様！　はあ……寛大なるアメリア様も素敵《すてき》です……」

「……なんかよくわからないけどこいつ、アメリアのこと好き過ぎないか？」

「そういう性癖《せいへき》なんです、ご理解ください」

テレシアはいつものことのようにそう言った。

「ねえ～、うちお腹《なか》すいた～。早く行こうよ～」

エイミーはリュークたちより早足で先に行くように歩く。

「エイミー！　お邪魔させて頂くのだからそんな勝手なこと言うんじゃありません！」

「テレシアは頭固いな～、そんなんだから『クラン』のみんなと仲良くできないんだよ～」

先を歩いているエイミーは振り返ってクルクル回りながら言った。

「ん？　アメリアたちも『クラン』ってのに入ってるのか？」

「ああ、そうだ。私たちはさっきの……」

「ルーカスです」

「そう、ルーカスって奴の『クラン』ではなく、『黒のクラン』。『白のクラン』と同じく、A級のクランだ」

「私たちのクランも、トップスリーに入っています」

アメリアの説明に、テレシアが横から付け加える。

「そうなのか、よくわからないけど」

「本当はリューク様をクランに勧誘するつもりで今日はこの街を訪れたのです。しかし、アメリア様はそのことを忘れてリューク様に伝えず、挙げ句の果てに先に『白のクラン』に勧誘される始末……」

「……すまない」

「ああ……涙目で俯《うつむ》くアメリア様も愛おしいです……」

そして五人はメリーたちの家に着いて中に入り、しばらくすると仕事が終わったメリーと買い物帰りのアンとアナが途中で合流したらしく、一緒に帰ってきた。

そしてアンとアナ、メリーに加えてテレシアが料理を作り始めた。

「テレシアよ、私も手伝おうか？」

「私たちを毒殺するつもりならどうぞお手伝いくださいませ」

「……大人しくしている」

「アメリア……お前何を作ったんだ……」

「膝《ひざ》を抱えて座ってるアメリア様も可愛いです……」

「サラも相変わらずだね～」


夕飯を食べ終わり、片付けを始める。

「アメリア様は大丈夫です、ゆっくりおくつろぎください」

「い、いやテレシア、私だって手伝いを……」

「すべての食器を壊したいならどうぞお手伝いくださいませ」

「……ゆっくりしてる」

「だから何をしたんだアメリアは!?」

「いじけるアメリア様も可愛いです……」

「あはは～、アメリア様は戦闘以外ダメダメだからね～」

そんなことがありつつも、片付けを終えて全員が一息つく。

「はあ……疲れたわ。こんなに運動というか、身体《からだ》を酷使《こくし》したのは初めて……」

「私も……一日目の鍛錬《たんれん》でこんなになってたらこの先どうなることやらだよ……」

アンとアナがソファに埋まるように身体を沈めている。

「一週間もすれば慣れるから。まああそこまで走るのはもう少し体力つけないと慣れないかもしれないが」

「お姉ちゃんは走るのが苦手だから、たぶん私より疲れてるよ」

「そうね……一週間で走るのは慣れるかしら？」

「いや、一週間で魔力を操《あやつ》るのは慣れるだろうが、走るのはもっとかかると思うぞ」

「アナ、本気で鍛錬やめるか考えない？」

「お姉ちゃん!?」

「そんなに走るの嫌なんだな……」

そして二人はもう体力の限界らしく、明日のためにもう寝ようと部屋に戻った。

「……あいつら俺との約束覚えてないのか？」

「約束ってなんですか？」

リュークは階段を上がって二階に行った二人を見送りながら、小さな声で呟く。

それを聞いたメリーが問いかける。

「いや、俺が魔法とかを教えるかわりに、世界について教えてくれる約束だったんだが……」

「あ、そうだったんですね」

「まあ、鍛錬に慣れてすぐに寝なくてよくなってからでもいいけどな」

「……リュークさん、私が教えましょうか？」

「え？　いいのか？　ありがたいが……特に何も返すものがないんだが」

「アンとアナを鍛えて頂いてるだけで十分です。アンとアナをよろしくお願いしますね」

「……おう、任せろ。ありがとな」

リュークとメリーは向かい合って笑い合い、互いに礼を言う。

「ねえ〜、うちたちのこと忘れてな〜い？」

二人の間に次女のエイミーが笑顔で割って入る。

「あ、いや……忘れてませんよ？　リュークさんと話すのに夢中になんて……なってませんから！」

メリーは少し顔を赤く染め、リュークをチラ見しながら弁解する。

「ふふふ〜、メリーちゃん可愛いね〜」

「エイミー、やめなさい」

「は〜い、ごめんなさ〜い」

長女のテレシアがエイミーを注意するが、特に反省の色を見せずに謝罪の言葉を発した。

「あんた世界についてを教わるって、何を知らないの？」

「んー？　全部？　俺この街に来る前まで両親以外の人に会ったことなかったから」

「はぁ？　あんたどこに住んでたのよ」

リュークの世界を知りたいという言葉に、末っ子のサラが口を挟む。

「森、だな。そこで父ちゃんと母ちゃん、俺の三人で暮らしてた。だから何も知らないんだ」

「呆《あき》れた……ただの田舎者《いなかもの》じゃないの。そんなんでよくＳＳ級なんてなれたわね」

「田舎者関係なくね？」

先ほど敬語が使えないと言った時と同じように、サラは額に手をやる。

「じゃあメリー、教えてくれるか？」

「はい、少し長くなるかもしれないのでゆっくり座って話しましょうか」

「うちたちも座るね～」

「アメリア様、どうぞ」

「うむ、悪いな」

昨日は四人で使っていたテーブルの周りに、椅子《いす》を増やして座る。

テレシアはアメリアのために椅子を引いて座らせた後、自分も座る。

「では教えていきますね。まずはそうですね……種族について話しましょうか」

「ああ、頼む」

「知性ある種族は、全部で四種族。人族、獣人族《じゅうじんぞく》、精霊族、魔人族です。リュークさんやアンたち、それにアメリア様たちも人族ですね。私は見ての通り、狼《おおかみ》の獣人族です」

「四種……その獣人族の中には、メリーのように狼の人もいれば、他の動物の人もいるのか？」

「そうですね、犬や猫、兎《うさぎ》や猪《いのしし》なんかもいますね。部族って感じで分かれていて、村や集落をつくってる感じですね」

「付け加えさせて頂くと、精霊族なども獣人族と同じように、同種族の中に種類の違う精霊がおります。代表的なのがエルフ、ドワーフなどです」

テレシアがメリーの説明に補足する。

「そうなのか……人族、獣人族、精霊族、魔人族ね」

リュークは覚えようと、口に出して繰り返す。

「種族ごとの特徴としましては、獣人族は動物の種類によって差異はありますが、身体能力が高いです。しかし、魔法適性値などが低く、魔法は不得意です」

「精霊族は身体能力は少し低いですが、魔法適性値は非常に高いです。なので魔法を得意としています」

「そして魔人族、身体能力は獣人族に、魔法適性値は精霊族に並ぶほど高いです。どちらも少し下がるくらいで、ほとんど変わりありません」

「獣人族は身体能力が高く、精霊族は魔法適性値が高い。で、魔人族はどっちも高いと……ふむふむ。人族は？」

一通りの説明を理解したようで、リュークは次の質問に入る。

「人族は……獣人族ほど魔法適性値が低くなく、精霊族ほど運動能力は低くない……って感じですかね」

「ほー、つまり特徴がないのが特徴だと」

「……はっきり言うとそうですね」

リュークは納得したようにしているが、それを聞いていたアメリアが悔《くや》しそうに喋り出す。

「……そうだな。前に精霊族、エルフの魔法を見たことがあるが……あれは人族では到底辿《とうていたど》り着けるものではなかったな」

「そんなに凄かったのか？　どのくらい？」

「そうだな……今日リュークが放った『炎壁《フレイムウォール》』。あれの約三倍といえばわかるか？」

「へー、なかなかだな」

素直に感心するような声を出すリューク。

だが実際にエルフの魔法を見たアメリアは悲痛な面持《おもも》ちであった。

「あれを見たときは種族の壁というものを実感した……リューク、お前でもあれには勝てないだろうな」

「そうか？　今日見せた魔法の三倍程度だろ？　余裕だけど」

「は？　わ、私の最大魔法の『津波《ツナミ》』を防いだあれの三倍だぞ!?」

「ああ、三倍程度なら余裕だな」

平然と言いのけるリュークに、アメリアは呆然《ぼうぜん》とする。

そしてその会話を黙って聞いていたサラが横から割って入る。

「あ、あんた！　アメリア様の魔法を防いだというの!?　あの『津波』を!?」

「ああ、そうだが」

「そんな、まさか……」

「すごいね～、あれを防ぐ人なんていたんだね～」

「そうなんですか……SS級、ランクに恥《は》じぬ腕前、流石《さすが》でございますね」

サラはこれ以上驚く顔はできないのではという顔で驚いていた。

語尾を伸ばしながら喋るエイミーの声には驚きの色が含まれていた。

テレシアも冷静な様子だったが少し驚いたようだった。

「まあそれはいいとしてメリー、続きお願いできるか？」

「あ、はい。わかりました」

「この世界には、東西南北で大陸が四つあります。そして大陸ごとに、先ほど言った種族が分かれて住んでいます」

「北、ノーザリア大陸には精霊族。南、サウマリア大陸には獣人族。西、ウエリニア大陸には魔人族。そして東、イーラニア大陸には人族。つまり今私たちがいる大陸ですね」

「覚えるのが難しいな……」

リュークは覚えようと声に出して繰り返す。

「思い出せなくなったりしたら何度でも聞いてください。答えますから」

「ああ、ありがとう」

「続きを話しますね。その四種族は友好関係を結んでいる種族もあれば、敵対関係の種族もあります。

人族、獣人族は友好関係にあります。私や他の獣人の方々がこの街に普通に住んでいることが証拠です。

そして魔人族、精霊族は友好関係を結んでいます。噂によれば、互いの魔法適性値を利用していろんな魔法を研究してるそうです」

「人族と獣人族が仲良し、精霊族と魔人族が仲良し、ね……」

リュークはメリーの説明を自分なりにまとめて覚える。

「そして敵対関係ですが、人族と魔人族が敵対し、獣人族と精霊族が敵対しています。

その理由は獣人族と精霊族は互いを見下しているため、というのが大きい理由です。獣人族は精霊族を『軟弱者』と、精霊族は獣人族を『脳筋』といった風に」

「のうきん、ってなんだ？　どういう意味？」

「力だけで物事を解決する頭が悪い奴ら、魔法も使えないバカな奴ら、といった意味ですね」

「なるほどな」

リュークは頷《うなず》きながら話を聞いている。

「そして人族と魔人族が敵対してるのは、魔人族にとって人族はその……自分たちより全《すべ》てが劣っているという風に見下しています。そして人族は……劣等感から嫌ってるといった感じでしょうか」

メリーは人族の五人の前で少し言いづらそうにしながらも説明する。

「まあ、私はそこまで気にしてはおらんが……それでも先ほど言った通り、種族としての性能の差というものがあるから劣等感を持つというのはわかる気はする」

「そうでございますね、私も少しはそういうのは理解できます」

「うちはわからないな〜、魔法の力って人それぞれじゃ〜ん」

「……あたしもわからないわ」

「ふむ、とりあえず獣人族と精霊族が仲悪くて、人族と魔人族も仲が悪いと……」

四人はそれぞれ自分の考えを言って、リュークは説明をまとめて覚えようとする。

「じゃあ、人族と精霊族は？　獣人族と魔人族もだけど、仲良い種族が嫌いな種族を嫌いにならないのか？」

「そこは特に仲が良い、悪いはありません。お互いに興味がない、といったものだと思います」

「ほー、そうなのか。なるほどな」

　サラが舟をこぎだしたのを、リュークが横目で確認する。

「そろそろ寝るか、ありがとなメリー。アメリア、テレシア、エイミー、サラも」

「あ、はい。いつでも質問とかにお答えしますからね」

「私は特に何もしてないが……まあリュークには魔法を教えてもらった借りがあるからな。その分は返すつもりだぞ」

「私も何もしておりません、少し付け加えたくらいでございます」

「ん～うちも何もしてないよ～？　あ～、だけどうちもアメリア様と同じように魔法教えてもらいたいな～」

「おう、いいぞ。明日も鍛錬するからそれについてきてくれ」

「エイミーお姉様も行くならあたしも行く！　いいわよね？」

「一人二人増えたところで変わらないからいいぞ」

　メリーの部屋にもう一人寝れるので、食事作りとかを手伝って少し仲良くなったテレシアが一緒に寝ることになった。

　そしてアメリアたちが泊まるので、急遽物置部屋を片付けて二人寝れるようにして、後の二人はリビングで寝ることになった。

「アメリア、一緒にリビングで寝ようぜ」

「──なっ⁉」

「はあ⁉　あんたアメリア様にナニをするつもりなの⁉」

「は？　何って……一緒に寝るだけだろ？」

「リューク君は大胆《だいたん》だね～、アメリア様～、隣の部屋だけどちゃ～んと耳栓《みみせん》つけて寝るので、大丈夫ですよ声出しても～」

「エ、エイミーお姉様も何を言ってるんですか⁉　あたしは許しませんよ！」

アメリア大好きっ娘《こ》のサラが、うるさく喚《わめ》きながら反対したが、エイミーに引きずられるようにして物置部屋に消えた。

リビングにはリュークと、顔を紅《あか》くして緊張している様子のアメリアが残る。

「そ、その……リュークよ、なぜ私と同じ部屋を希望したのだ……？」

「ん？　ああ、アメリアなら襲《おそ》われても大丈夫だろうなって」

「──お、襲う⁉　な、何を言って……そ、それに大丈夫とはなんだ大丈夫とは⁉　私はそんなに経験豊富そうか⁉」

「え？　違うの？　襲われたことない？」

「いや、その、野盗《やとう》にそういう目的で襲われたことはあるが、全部倒してきたし、その……知人に襲われたことないし……」

最後の方は小さく呟くような声で言うアメリアは、両手を頬《ほお》に当てて紅くなってるのを隠すように顔を振っている。

呟いた声を聞き取れなかったリュークは首を傾《かし》げる。

「んー？　なんか話が嚙《か》み合ってないが、とりあえず寝ようぜ」

異空間からベッドと毛布を取り出して部屋に置く。

「じゃあアメリアはベッドで寝てくれ、俺はこっちで寝るから」

「へ？　い、一緒に寝るのではないのか？」

「いや、そのベッド一人用だから二人じゃ狭いだろ」

「いや逆にくっつけるのでいいというかなんというか……」

「ボソボソ喋らないでくれ、何を言ってるのか聞こえない」

アメリアが顔を紅くして一人で何か言っていたが、リュークはソファにさっさと寝っ転がった。

「じゃあおやすみー」

「え？　ほ、本当にリュークはそっちで寝るのか!?」

リュークはすぐに寝息を立てて寝てしまう。

仕方なくアメリアはベッドに入り寝ようとするが、モンモンとしてなかなか寝つけなかった。

アメリアがモンモンとしながら起きていること数十分。

『何か』に気づく。

そしてその『何か』に気づいたことにより、リュークのさっきの言葉を理解する。

「くっ、あれはこういう意味か……もっとわかりやすく言ってもらいたかったぞ！」

そう小さく呟くアメリア。

意味に気づいたことにより、先程と同じかそれ以上に顔が紅潮《こうちょう》する。

そして熟睡《じゅくすい》していたリュークも起き上がる。

「ふあぁ……案外早かったな。もうちょい遅いと思ったが」

「リュークよ、もうちょっとわかりやすく言ってほしかったぞ」

「え？　あれ以上にわかりやすくってなんだ？」

「なんだって……まさか——」

——刹那《せつな》、リュークの背後とアメリアの背後に『陰』が疾《はし》る。

その『陰』の中に銀色に輝く物体があり、それが二人に刺さろうとしていた。

刺さる——とその『陰』が確信する瞬間、リュークの背後の『陰』が吹っ飛び、アメリアの背後の『陰』は燃えた。

「——本当の意味で襲われるとは思わなかったぞ」

「本当の意味ってなんだよ、襲うってのに違う意味があるのか？」

「そ、それは……あるようなないような……とにかく！　紛《まぎ》らわしい言い方は控《ひか》えろ！」

「俺、そんなに難しい言葉を言ったか？」

数秒前に『陰』──忍び込んできた者に襲われたとは思えないくらい平然と喋る二人。

その忍び込んできた者を見ると。

リュークにやられた者は、顔面を裏拳《うらけん》で強打され意識を失っている。

アメリアにやられた者は、一瞬で全身が炎に包まれる激痛で叫びを上げようとしたが的確に喉《のど》を灼《や》かれて声が出せない。

「おいアメリア……可哀相《かわいそう》だろこの人。ここまでするなら意識失わせろよ」

「あんな一瞬で意識を狩るほど私は手加減をできないものでな……寝ている者を起こさないように喉を灼いた。殺さないだけ有難いと思え」

アメリアは冷たい目で、皮膚《ひふ》が焼けて激痛が走り、床にのたうち回る者を見る。

「しかし困った。どっちの侵入者も喋れないとなると、誰が仕向けてきたのかわからないな」

「……本当はわかってるだろ？」

「さあ？　どうだろうな」

リュークはニヤリと笑いながらそう答える。

「まあ、はっきりとはわからないから……答え合わせに行こうか？」

「ああ、そうだな」

二人は玄関に向かって歩き、そのまま扉を開ける──。

――瞬間、リュークは魔法を発動した。

風魔法、難しい魔法ではない。

ただ、扉を開けた先の空気を風を起こして払っただけだ。

扉の開けた先にあった空気、それはある人物へと向かっていきその者はその空気を吸った。

「――っ!? う……くっ……」

その人物は喉を押さえ、地面に這《は》いつくばって苦しみだす。

リュークたちが平然と出てくるのを見て驚愕《きょうがく》していたら、はたと自分が毒ガスを吸ったことにその人物は気づいた。

「家の前に毒ガスね……まあ作戦としてはいいんじゃないか？ 気づかなかったら普通に吸うからな」

「……私は気づかなかったぞ。なぜわかったのだ？」

「前に毒を出す魔物と戦ったことがあったからな、毒には敏感なんだ」

リュークとアメリアは苦しんでいる人物へと近づく。

その人物の顔を見てリュークは思い出した。

「まああの二人の顔を見てもしかしたらと思ったが……やっぱり昨日絡《から》んできた奴らか」

二人を襲った三人。

それはリュークが『ランク決め玉』にSS級と判断された時に絡んできた三人の男たちだっ

た。

「こいつらは私も見覚えがあるな、自分より弱いと思った相手に絡むアホな奴らだ……誰かに仕向けられたんじゃなくて個人的にリュークやアンたちを襲った可能性もあるな」

「まあその可能性もあるが……それだったらアンたちが買い物に行ってる間に襲うだろ。それなら俺もアメリアもいないし簡単に襲える」

「……なるほどな、確かにそうだ」

「だからこいつらは俺か、お前狙《ねら》いってわけだ」

這いつくばり苦しんでいる者を見てリュークは言う。

「それに襲うにしてもこいつらは、俺たちを殺そうとしてない」

「ああ、確かに。さっきの刃物を持っていた奴らも首や急所を狙ってなかった」

「毒ガスもそうだ。こいつ、結構吸ったみたいだが死ぬ様子がない。症状は詳《くわ》しくはわからないが、見たところ身体が動かせないような感じだろうな」

「……お前は魔法だけでなく頭も良いのか」

「こんくらいちょっと考えればわかるだろ」

アメリアはリュークの頭の回転の速さに驚いていた。

「ということは、だ。殺す気もなく、刃物や毒ガスで動けなくさせる、つまり明日までその傷などが長引くと得をする人物――っていうのがこいつらを仕向けた犯人かな」

「なるほど。そういえば忘れていたが、こいつら『白のクラン』に入りたがっていると噂で聞いたことあるな」

「よく思い出せたな、その『白のクラン』の団長の名前も思い出せなかった奴が」

「あ、あれはしょうがないだろ！　人の顔や名前を覚えるのは苦手なんだ！」

リュークは苦しがっている男の首根っこを掴《つか》み、引きずりながら家に向かう。

家の裏に無造作《むぞうさ》に放り投げ放置。

そして家の中に入ると、縛《しば》られてる男二人とメリーがいた。

「おっ、メリー。起きたのか」

「あ、リュークさん……リビングから物音がしたので」

「なるほど、獣人は人より五感が鋭いから小さな物音でも聞こえたのか。喉を灼いて声を出せなくさせたんだが……起こしてしまってすまなかったな、メリーよ」

「い、いえ！　アメリア様のせいでは……それで、この人たちは何でしょう？　昨日、リュークさんに絡んでいた人たちだと思うんですけど……」

「俺に用があったらしく、手荒に出迎えてやった。こいつらも外に出しておこうか」

リュークは両手にその二人を掴み、家の外に放り投げた。

「しかしさすがギルド受付嬢、完璧《かんぺき》な拘束《こうそく》だったな。あれでは余程の強者《つわもの》じゃなければまず解けないいな」

「あ、ありがとうございます……リュークさんとアメリア様は大丈夫ですか？　怪我《けが》とかは……」

「全くの無傷だ」

「私もだ。明日あいつらをギルドに引き渡す。メリーも明日は忙しくなるだろうから早く寝たほうがいいだろう」

「あ、はい……おやすみなさい、リュークさん、アメリア様」

メリーはまだ気になっていた様子だったが、自分の部屋に戻っていった。

「じゃあ俺らも二度寝するか」

「私は二度寝ではないがな」

「寝れなかったのか？　俺のベッド寝にくいか？」

「いや、そういうことじゃないが……まあ今度はぐっすり寝れそうだ」

そうしてリュークはソファ、アメリアはベッドに横になる。

リュークは先程と同じくすぐに寝息を立てる。

アメリアも気になっていたことがなくなったらしく、今度は朝までしっかり寝ることができた。

——翌日の朝。

リュークは昨日と同じように早く起きた。

隣では自分のベッドでアメリアが寝ているので、起こさないように着替えてから家を出る。

そして街中《まちなか》を歩き、昨日鍛錬をした場所へと向かう。

路地裏《ろじうら》らしきところに入り、長い階段を上り頂上に辿り着き、ひらけた場所に出る。

「よし、始めるか！」

異空間から木刀《ぼくとう》を取り出す。

そして目を瞑《つむ》り、真っ暗闇《くらやみ》の世界に入る——。


——数十分後。

リュークは汗《あせ》だくで刀を振るっていた。

そして最後の一振り——暗闇の世界の相手の首元を斬《き》り裂く。

「ふぅ……二勝三敗か」

汗を拭《ぬぐ》いながら今日の相手との戦績を言い、戦闘内容を頭の中で反芻《はんすう》し、反省する。

そしてそれらが終わると、先程から見ていた者に声をかける。

「アメリア、俺の剣術はどうだった？」

声をかけられたアメリアは呆然としながらもなんとか応《こた》える。

「……言葉にもならない。これほど強く、美しい剣技、そして決闘を見たことがない」

「流石だな。俺が誰かと戦ってることに気づいてたのか」

「途中からな。それにしても、お前もお前だが、お前の相手をする者も相当だ。お前は何者なのだ」

「森から出て来たただの『子供』だよ」

昨日初めて二人が言葉を交わした時に何回も言われた、『子供』という単語をちょっと嫌味っぽく返す。

「ははっ、そうか。しかし今の剣技、これならあの……」

「ルーカスな」

「ルーカスとやらにも勝てるだろうな、相手にもならないと思うぞ」

「そうか……まあ油断なくやるとするよ。てかいい加減名前覚えろよ」

「私は無駄なことは覚えない質《たち》なんだ」

そして二人は帰路につく。

歩きながらまた話をする。

「しかし、あそこまでメリーたちの家から二キロもないだろう。なぜ街を歩いて向かったのだ？　お前なら『次元跳躍《ワープ》』で行けるだろ」

「うーん、なんかこの街の光景が好きなんだ」

リュークは歩きながら街の様子を見る。

ある人は仕事に向かう途中なのか、早歩きで歩く。

ある人は商人なのか、店を開く準備で商品を店頭に出し始めている。

ある人は職人なのか、朝早くから一心不乱に何かを造《つく》っている。

「今まで父ちゃんと母ちゃん、森の中の世界しか知らなかったからな。こういう街の慌《あわ》ただしく人が動いてる姿がなんか……いいなと思ってな」

「……そうか」

アメリアも街の様子を眺《なが》めていると、ふとリュークの横顔が目に入る。

優しく微笑《ほほえ》み、そして朝陽《あさひ》が眩《まぶ》しそうに、目を細めている横顔がなんとも綺麗《きれい》でカッコよく――。

「――はっ!? 私は何を思っておるのだ!? 四歳も年下相手に!」

「いきなり頭を抱えて何を叫んでるんだ」

そんなことを言い合いながらメリーたちの家に辿り着く。

中に入るとテレシアが朝飯を作っており、エイミーとサラは椅子に座っていた。

二人が帰って来たことに気づき、朝の挨拶《あいさつ》をする。

サラ以外はリュークにも挨拶をしたが、サラは挨拶せずにいきなり突っかかった。

「あんた！ アメリア様と外に出かけて何をしてたの!?」

「サラ～、そんな野暮《やぼ》なこと聞かないの～。若い男女が朝帰り、想像できることは一つじゃないかな～」

「なっ!?　何を言っている！　私とリュークはそんなことしてないぞ！」

「エイミー、はしたないことを言うのはやめなさい」

「ただ鍛錬をしてたら、アメリアが追いかけて来ただけなんだけどな」

リュークの言った呟きは誰にも届かず、他の四人は朝から騒々《そうぞう》しかった。

そうして四人が騒いでいると、アンとアナが眠そうにリビングに来た。

寝癖《ねぐせ》などもまだついていて、欠伸《あくび》をしていかにも寝起きであった。

「おはようございますアン様、アナ様。お二人とも寝癖がついてらっしゃいますよ。洗面所で直してきてはいかがでしょう、ついでに冷たい水で顔を洗うとスッキリしますよ」

二人はテレシアに言われた通りに洗面所に歩き出す。

「あの二人、あんなに寝起き悪かったのか？」

「昨日の疲れが残っているのではないか？　リュークとの鍛錬がよほどこたえたのだろうな」

「あんくらい普通だけどな……もっと厳しくしたいが、もう少し慣れるまではしないほうがいいな」

しばらく待っていると二人とも寝癖を直し、目もぱっちり開いた状態でリビングに戻ってくる。

そして七人は食卓につき、朝食を食べる。

そして食べ終わるとアメリア以外のみんなで片付けをして身支度《みじたく》を済ませる。

なお、テレシアによるとメリーはもうギルドに出かけて行ったようだ。

家を出たところでリュークが気づいた。

「あ、忘れてた。あいつらギルドに連れていかないとな」

「え？　あいつらって誰？」

「ああ、私も忘れていた」

何も知らないアンがリュークに問いかけ、みんなで家の裏に回るとそこに三人の男が転がっていた。

「え、何この人たち……」

「あ、私わかった！　お兄ちゃんのランク決める時に絡んできた奴らだよ！」

「ああ、そうだ。昨日俺とアメリアがリビングで寝てたら、襲ってきたから返り討ちにした」

「え、襲われた!?　アメリア様大丈夫だったんですか!?」

「ああ、問題なかったぞ」

「サラ慌てすぎ～、アメリア様がこんな奴らにやられるわけないじゃん～」

「そうですね、とりあえずこの三人は、ギルドに引き渡して処罰《しょばつ》を受けてもらうということで大丈夫でしょうか？」

「そうだな、俺が持って行こう」

三人の男はまだ気絶しているので、風魔法で三人を浮かせる。

「よし、行くか」

「え、このまま行くの!?」

「街中を男三人浮かせて歩くのは目立つよ、お兄ちゃん」

アンとアナにそう言われたが、特に気にせずリュークは三人を浮かせてギルドに向かう。

ギルドに向かう途中、街の人たちは当然リュークたちの方を――浮いている三人を注目していた。

「やっぱりみんな見てくるね～」

「そうだな、まあ気にしないで行こう」

「道行く人全員から見られて気にしないのは無理があるわよ！」

「サラは神経質だな」

「ちょっと、あんたに気安くサラとか呼ばれる筋合いないんだけど！」

「じゃあなんて呼べば？」

「サラ様と呼びなさい！」

「はいはい、さらさまー」

「呼ぶ気ないでしょあんた！」

サラが一方的にリュークに絡んだりしているうち、ギルドに到着する。

中に入り、メリーを見つけて浮かせて運んで来た三人を床に無造作に降ろし、引き渡す。

「メリー、『これ』」

「え？　ああ、はい。この人たちですね。こちらで預かりますね」

「おう、頼んだ」

そしてしばらく経《た》つとギルドの外が騒がしくなり、中にルーカスが入って来た。

リュークを目にすると一瞬顔を顰《しか》めるが、すぐに爽やかな笑顔に戻る。

「やあ、おはようリューク君」

「ああ、おはようルーカス。昨日はよく眠れたか？」

「え？　そうだね……よく眠れたよ」

「そうか。俺も夜中に『来客』が来たが、丁重《ていちょう》にお出迎えしてすぐに寝たからよく眠れたよ」

リュークはニヤッと笑いながら含みのある言い方をする。

ルーカスもその意味がわかったのか、またもや笑顔が崩れる。

「じゃあお互いによく眠れて、万全な状態で決闘をするとしようか」

「……そうだね。ここの練習場を借りてやろうか。観客席もあるからみんなも来てくれよ！」

ルーカスはギルド内にそう呼びかけると、何十人もの冒険者が練習場に向かう。

口々にどちらが強いか、どちらに賭けるかなどと言いながら。

「僕も先に行ってるよ」

ルーカスはそう言ってリュークの隣を通って練習場へと向かう。

そしてすれ違う瞬間――。

「殺してやるからな……覚悟しろ」

――低い声でそう言い放って離れていった。

「……メリー、質問なんだけど。決闘って殺してもいいのか？」

「えっと……ギルド内での冒険者同士の決闘では故意《こい》の殺害は許されません。しかし……」

「故意、と判断されなければ――殺しても罪に問われない」

「……そうなりますね」

メリーは言いづらそうに肯定する。

「まあ、俺には関係ないか。じゃあ行ってくる」

「リューク、頑張ってね。信じてる」

「お兄ちゃん頑張ってね！」

アンとアナの声援を背に、リュークは練習場へと向かった。

そこの道は地下のようで、所々に松明《たいまつ》があり光が入らない道を照らしてくれている。

しばらく歩くと目の前に階段が見えてきて、上がっていくと地上の光が見えてくる。

そして地上に出ると――広々とした場所があり、そこを階段状の観客席が取り囲んでいた。

観客がリュークが入ってくるのを見て、一際《ひときわ》大きな歓声を上げる。

観客の数は優に千を超えていた。

リュークの正面の出口からルーカスが登場し、女性の観客の黄色い声が一段と大きく響くのがわかった。

ルーカスもそれに応えるように観客に向かって笑顔で手を振る。

「この場所広いな。アンとアナの鍛錬の場所ここにしようかな？　だけど森まで走った方が景色も変わって楽しい気がするけど……」

リュークはこの観客の数や歓声を聞いてなお、何も影響を受けずにいつも通りである。

「お姉ちゃん、なんか寒気がしたのは気のせい？」

「奇遇《きぐう》ねアナ、私も何か感じたわ」

観客席の後ろの方で二人が何かを感じていた。

「よく逃げずに来たな。それだけは褒《ほ》めてやろう」

ルーカスが話しかけてくる。

いつもの爽やかな青年のような声ではなく、時々リュークに放つ荒い言い方であった。

しかし、歓声が大きく観客にはその低い声が届いていないらしく、ルーカスは続けて喋る。

「しかし、その勇敢《ゆうかん》な判断を後悔することになるだろう。お前はここで……死ぬのだからな」

ルーカスは観客にバレない程度に、イヤらしく嗤《わら》う。

「何故《なぜ》そんな自信満々なのかよくわからないが。というか勝つ自信なかったからあいつらに俺

「ふん、俺は完璧主義者でね。お前が勝つ可能性など万に一つもないが……億に一つはあるかもしれないからな。それを潰《つぶ》しておきたかったが……あの役立たずどもが。やはりC級程度に任せたのがいけなかったか」

二人が話していると、観客席の方から、「早く始めろ！」という野次《やじ》が聞こえてくる。

「うるさい奴らだ……まあいい。そろそろ……公開処刑を始めようか」

ルーカスはそう言いながら腰に吊《つ》るす鞘《さや》から剣を抜く。

リュークも異空間から木刀を出して手にする。

「……貴様、なんだそれは？　木だと？」

「ああ、これ以外ないんだ」

「貴様……魔法剣士などというふざけた職業を名乗るだけではなく、そんなふざけた物で俺と戦うつもりか？」

「ふざけてはいないがな。これ以外の武器はないし、職業もお前が言った通りだ」

「ナメた真似《まね》を……お前が俺に勝てない理由を挙げてやろう。一つ、まずそのふざけた職業。魔法剣士など、魔法も剣も半端にしか使えない者がやる職業だ。そして――っ！」

ルーカスは地面を蹴《け》りリュークへと迫る。

観客には目にも留まらぬ速さで迫ったルーカスの剣を、リュークは木刀で止める。

「──これが二つ目の理由だ！」

瞬間、リュークに爆炎が襲った。

「──リュークっ！」

観客席で見ていたアンの悲鳴のような声が、歓声の中から聞こえてくる。

しかし、次の瞬間には爆炎は散って無傷のリュークが現れた。

木刀の一振りで爆炎は消え去ったのだ。

「へー、驚いたな。その剣、炎出せるのか？」

木刀の刃先を見ると、一部黒く焦《こ》げているところがあった。

ルーカスと刃《やいば》を交えたところである。

「そうだ。二つ目、それは武器だ。貴様の木刀などというふざけた武器とは違い……こちらは『魔剣』だ。魔剣は操るのが難しいので有名だが──」

ルーカスが剣を振るうと炎が舞う。

「──この通り、俺は魔剣を手足のように自在に使える。しかもこの魔剣の属性は火属性、炎を纏わせて斬《き》れるし炎をお前に襲わせることもできる」

ルーカスは勝ちを確信したかのようにニヤリと笑う。

「そして最後に三つ目の理由……お前の相手がこの俺、『貴公子』ルーカス様だからだ。Ｓ級になってから五年、決闘は一度も負けたことがない」

「負けなかった理由は昨日みたいに相手を前もって襲ったからじゃないのか？」

「──戯言《ざれごと》をっ!!」

──ルーカスはそう叫ぶとリュークへと斬りかかった。

一振り一振り全てに炎が纏い、リュークに炎が襲う。

全ての攻撃──炎が簡単に人の命を燃やし奪い尽くす。

しかし──。

「何故当たらん!?　いや、お前は何故無傷でいられる!?」

──リュークは全てを躱《かわ》し、受け止めていた。

「確実に炎はお前を襲っているはずだ！　何故火傷《やけど》一つ負わない!?」

「俺にその炎が届いてないからだろ」

リュークは淡々《たんたん》と事実を告げる。

「周りに風を起こして炎や熱を払ってるからな」

「小賢《こざか》しい真似を……っ！　しかし、お前の剣は木だ。直接当たってるその木刀は燃え……？」

ルーカスは木刀へと目を向ける。

しかし、その木刀には最初に接触した時に焦げたところしか黒くなってはいなかった。

「なぜ木刀すらほぼ無傷なのだ!?　その木刀はなんだ!?」

「敵にそんなにネタバレ求めるか？　まあお前も教えてくれたから、俺も教えてあげようかな」

腕を前に出し、木刀を地面と水平にしてルーカスに見せる。

「木刀に薄く――水を張っている」

「なに……？」

目を凝《こ》らして見るが、全く見えない。

「まあわかりやすく見せると――」

リュークが木刀を横に振るうと、水が勢いよく飛び散る。

「――こんな感じだな」

「なっ!?　貴様、その木刀は魔剣だったのか!?　魔剣の木刀など聞いたことないぞ！」

「いや、魔剣とやらじゃないぞ。そんな剣知らなかったし。これは俺がやった」

「なんだと？」

「お前の真似をして――魔剣とやらを再現してみた」

――誰も成し遂《と》げてないことを、軽い口調でやったと言い放った。

それを聞いてルーカスは言葉を失う。

「これ便利だな。いろんな魔物に対しての有効打になるな」

「で、でたらめなことを言うな！　自分の剣に……魔法付与《ふよ》だと!?　そんなの上級魔法使いですらできないことだぞ！　それを……俺の剣撃を避けながら魔法付与を続けるだと!?　そんなことできるわけない！」

ルーカスは観客に聞こえるくらいの声で叫ぶ。

その言葉に観衆も騒《ざわ》めき始める。

「リュークは、あの木刀に魔法付与しているのか!?」

木刀を遠くから見て判断したアメリアが驚愕する。

「確かに木刀に水が纏わりついてるのが見えるけれど……」

「何がどのくらいすごいの？　それって」

アンとアナはまだ魔法に詳しくないため、その凄さがわからない。

「そうですね……例《たと》えば右手で料理を、左手で掃除を、右足で洗濯を、左足で魔法を撃つくらいの難しさですかね」

「わかりやすいようでわかり難いよそれ!?」

テレシアの説明にアナがツッコむ。

「端的《たんてき》に言えば、もの凄く繊細《せんさい》で緻密《ちみつ》な魔法です。魔法を物体に付与するとなると、その物体の形を完璧に把握《はあく》し魔法で覆《おお》わなければなりません」

――魔法とはそれほど万能《ばんのう》なものではない。

魔法で出した水は、ただの水。

上から下に流れるように、普通にしていたらただ地面に落ちて水溜《みずた》まりができるだけ。

空中に維持《いじ》し続けるためには、魔力を操作し続けないといけない。

その難しさは昨日練習したアンとアナには十分に伝わっていた。

「しかも今回の木刀の場合、あんなに動く物体に魔法を付与するには、魔法も木刀の動きに合わせて移動させるしかありません。それをS級冒険者のルーカスとの戦いの最中にやるのは極《きわ》めて困難です」

テレシアの説明にアンとアナは、やっとリュークのやっていることを理解する。

「リューク君凄いね～。さすがSS級だね～」

「ほ、本当にあいつが……」

エイミーは素直に驚いているが、サラは少し信じられないような面持ちで木刀を眺めていた。

「いや、実際にできてるだろ？」

「くっ……」

ルーカスは周りを見渡すが、観衆の中に魔法を発動している気配は感じられない。

つまり――実際にリュークが一人で魔剣を再現してるということになる。

「ふざけるな！　ふざけるなぁ！　そんなことがあってたまるか！」

ルーカスは剣に炎を纏わせながら突っ込み――全力で剣を振るう。

しかし、それをリュークは受け流す。

剣を逸《そ》らし、炎も木刀を振るうことにより霧散《むさん》させる。

「振るい方が大雑把《おおざっぱ》になってきたぞ」

「黙れ！　お前なんかが……俺に勝てるわけないいんだ！」

横に、縦《たて》に、斜《なな》めに――炎を出しながらルーカスは剣を振るう。

S級に相応《ふさわ》しいスピードと力で剣を振るうが――相手はSS級。

全てを防ぎ切る。

「クソッ！　クソがっ！」

頭上に剣を振り上げ――炎を纏わせ振り下ろす。

斬った感触はない。

しかし、今までで一番大きな炎がリュークを襲う。

ルーカスの前方が全て炎で埋まる。

リュークもその炎は払えずに炎に包まれる。

「俺に勝てる奴などいないいんだ！」

勝利を確信したのか、そう叫ぶ。

そして炎が消えると――そこには誰もいなかった。

「なにっ!?」

すぐに気配を察して振り向く。

「――遅い」

その言葉を言い切ると同時に、ルーカスの首を後ろから斬る。

「がっ……！」

ルーカスは前のめりに倒れるように膝をつく。

「俺が……この俺がこんなガキに……」

その言葉を最後に意識を失い、その場に倒れる。


「お前が負けた理由は一つ——俺より弱かったからだ」


周りが大歓声で包まれている中、リュークは異空間に木刀を入れ、興奮《こうふん》が冷めやらぬ練習場を後にする。

ギルド内に戻ると、まだおおかたの冒険者が戻ってきていないのか、ほとんど人はいない。

しかし、アンたちは戻ってきていて、リュークを見ると寄ってきた。

「リューク！　流石ね、圧倒していたわ」

「お兄ちゃんカッコ良かったよ！」

アンはリュークの側《そば》に立って見上げる。

アナはいつものごとく胸に飛び込んだ。

腰辺《あた》りに抱きついてくるアナを受け止め、頭を撫《な》でる。

「おう、ありがとな」

「リュークよ、私たちもいることを忘れていないか？」

リュークが後ろを振り向くと、アメリアたちが立っていた。

「忘れてねえよ、どうだった？　さっきの戦い」

「どうもこうも……お前が本当に規格外だということを再確認したよ」

「ＳＳ級というものを理解できました。リューク様、お見事でした」

「流石だね〜、見てて楽しかったよ〜」

「……」

「そうか、サラはどうだった？」

黙っているサラに問いかける。

「あんた……木刀に魔法付与を自分でしてたってわけ？」

「魔法付与……ああ、あれか。まあ自分でしてたよ」

「そんなの……認められないわ！　ありえない！」

リュークをキッと睨み、言葉を続ける。

「ルーカスという奴が持っていた魔剣、あれは熟練の魔法付与士が三年以上かけないとあんな性能は発揮《はっき》されない！　それを、自分がその場でかけた魔法付与で防ぐなんて不可能だわ！」

「そんなこと言われてもな……それを俺はやったからな、不可能じゃないってことだろ」

「くっ……なんかタネがあるはずよ！　さっきの木刀を貸しなさい！」

「ああ、いいけど」

　木刀を出して、サラへと渡す。

　リュークが全く躊躇《ちゅうちょ》なく渡したのに驚くも、サラは木刀を奪い取るように手に取って眼《め》を見開き上から下へと凝視《ぎょうし》する。

「……魔法付与の気配がない……え!?　あんたこの木刀！　どこで手に入れたの!?」

「それは父ちゃんが作った木刀で……って近い近い！」

　サラは詰め寄るように顔をリュークに近づける。

　顔があまりに近くなったことに気づき、サラは顔を赤くしながら離れる。

「こ、これ！　材料になってる木が……確か魔の森の最奥地にしか生息していない『カヌギの魔樹』。昔、剣神様が魔の森から採《と》ってきたと言われる……」

「それは確か、魔力を吸って成長する樹ではなかったですか？　地中や大気中の魔力を根や葉から吸い、ほぼ無限に成長し続けると言われていますね」

「へ～、そんなのあるんだ～。さすがテレシア、博識だなぁ～」

「この木刀なら魔法付与はしやすいかもしれないわね……やっぱりあんたの魔法付与はインチキよ！」

「サラ、それでもリューク様はあの戦いの中、魔法付与をし続けたのです。それがどれだけ難しいか貴女《あなた》がわからないはずがないですよね？」

「うっ、テレシアお姉様……」

サラはそう言われて言葉を詰まらせるが、すぐに気を取り直しリュークに告げる。

「そ、それでもあたしの方が魔法は上よ！　あんた、私と勝負しなさい！」

「はあ？」

「あ、私もやりた～い」

サラの勝負宣言にエイミーが手を挙げて自分も戦いたいと立候補した。

「サラ一人じゃ多分敵《かな》わないから～、いいよね～？　テレシアもやるでしょ～？」

「なんで私まで……」

「そんなこと言って～、戦《や》りたいと思ってたでしょ～」

「……そうですね、姉妹の中で私だけ仲間外れは許しません。戦うなら姉妹三人で」

「無視された～」

リュークの意思に関係なく、戦うことが決まっていく。

「この後すぐ！　場所はここを出て東にある森の前！　あたしたち姉妹は先に行って待ってるわ！」

「なんでサラ、貴女が仕切ってるんですか？」

「リューク君、また後でね～」

三人はそう言ってギルドを出て行ってしまう。

「……無理やりすぎね？」

「すまないリューク、私も怒濤《どとう》の展開過ぎて止められなかった」

アンとアナもポカーンとした表情で今までの経緯《いきさつ》を見ていた。

そしてすぐにハッと我に返って、アンはアメリアに問いかける。

「そういえば、あの人たちってランクは？」

「全員がA級だ」

「強いけど……お兄ちゃんには敵わないんじゃないかな？　ほら、アメリアもS級だけど、お兄ちゃんには敵わなかったし」

「……どうだろうな、わからんぞ」

「え？　なんで？」

「あいつら姉妹、三人でなら私も負けるぞ」


姉妹三人、テレシア、エイミー、サラは東の森でリュークたちを待っていた。

「遅いわ！」

サラは腕を組み仁王立《におうだ》ちで街の方角を向いて立っていた。

眉間《みけん》にはシワが寄っていて、今にもこめかみからブチッという音が聞こえてきそうだった。

「あたしたちがここに着いてもう一時間は経ってるのに！」

「サラ、落ち着きなさい。カルシウムが足りてないですよ」

「牛乳なら毎日朝飲んでます！」

「朝昼晩飲まないといけないんじゃない～？」

エイミーは野原に寝っ転がってのんびりしていた。

「エイミーお姉様！　お行儀が悪過ぎます！」

「だってここ気持ちいいよ～、お日様も当たってポカポカ～」

「エイミー、ゴロゴロはやめなさい。草が服につきます」

テレシアは柔らかい草の上で正座をして待っている。

姿勢も正しく、どことなく品を感じさせる佇《たたず》まいである。

「もう太陽も真上……お昼時ですね」

「あいつとルーカスって奴が戦ったのは朝よね……何時間待たせるのよ！」

「うちの腹時計的には～、あれから二時間は経ってるかな～」

三人が喋っていると、森の方から気配を感じる。

そちらを見ると、二足歩行で手に石でできた武器のようなものを持っている魔物が出て来る。

犬のような頭を持っていて、石で武器を作れるほどの知性を持っている魔物――。

「――コボルト、ですね」

テレシアがそう呟いた。

コボルトは森から十体ほど出てきた。

獰猛《どうもう》な目で三人を睨み、唸《うな》り声を上げる。

「気に入らないわ」

サラが姉二人を後ろに置いて前に出る。

「あんたら、あたしたちに勝てると思ってるわけ？　E級程度の魔物ごときが……」

「サラ～、よろしく～」

「エイミー、だからゴロゴロはやめなさい」

エイミーはコボルトたちの方を見ずに手を振って応援している。

テレシアもエイミーも全く動じておらず、コボルトたちなどいないと同然のように振る舞っていた。

その様子に腹を立てたのか、コボルトたちは一斉《いっせい》にサラたちに向かって走り出す。

「魔物風情《ふぜい》が……調子に乗って……っ！」

サラは三〇センチほどの杖《つえ》を懐《ふところ》から出して、目の前の魔物に向ける。

「焼け焦げなさい！」

杖の先が光った――次の瞬間、コボルトたちは身体から煙を出して十体全員が一斉に倒れた。

コボルトたちの茶色い毛皮は黒く染まり、焼け焦げている。

「うへ～、臭《くさ》いよサラ～」

「あたしが臭いみたいに言わないでください！」

「肉が焼け焦げた臭《にお》い……ってよりはこれは死臭ですね。いつ嗅《か》いでも臭いですね」

テレシアが風魔法で臭いを除去し、コボルトたちの死体も一箇所にまとめる。

先程から何回も魔物に襲われては撃退しているので、ちょっとした死体の山ができている。

「あとで私が全部焼き払いますね」

「そうだね～、こんな奴らの素材とかで討伐報酬なんていらないしね～」

「あたしがほとんど丸焦げにしてますから、素材としては使えませんけどね」

サラが死体の山から目を離し街の方に目を向けると、遠くの方に人影が見えた。

「ようやく来た……！」

影はどんどん近づき、ほどなくその影がリュークということもわかった。

そしてその後ろにアメリアと、バテバテのアンとアナがついて来ていた。

「遅くなった、悪いな」

「何やってたのよ！　二時間以上も待たされたわ！」

「森の前に着いてお前らと戦う時にはもう昼過ぎだと思ったからな。アンとアナが弁当を作ってくれてたんだ」

リュークは異空間から布で包まれている六段ほどの重箱を出す。

「お～、アンちゃんアナちゃんありがと～」

「お二人共、感謝します。アメリア様は……料理を手伝っていませんよね？」

「はぁ……はぁ……うん、アメリアには手伝わせて、ないよ……」

「……手伝わせてくれなかったぞ」

「良かったです。アメリア様ができる家事はギリギリ洗濯程度のレベルなので」

「アンちゃんは……大丈夫なの？　倒れたまま起き上がらないけど？」

サラがうつ伏せで倒れたままのアンを心配して顔を覗《のぞ》き込むようにしゃがむ。

「だ、大丈夫、十分ほど休めば……はぁ……はぁ……」

「まあ今日は遅く走ったしな、それに俺が前になって風除《かぜよ》けになったし」

「それでこんなになるって……あんたもうちょっとこの子たちに優しくしたら？」

「これでも優しくしてるけどな……まあいいか。とりあえず――」

リュークは一度そこで言葉を切り、サラの眼を見て一言。

「――戦《や》るか？」

瞬間、サラたち三姉妹はもちろん、倒れ込んでいたアンやアナ、関係ないアメリアさえも息を呑《の》む。

戦闘態勢に入ったリュークの覇気に、その場にいる全員が戦慄《せんりつ》する。

「S級のルーカスとの戦いが不完全燃焼でモヤモヤしてたところなんだ。お前ら三人だとアメリアより強いって聞いたからな、期待してるぞ」

そしてリュークとテレシアたちは互いに向かい合い、距離を取る。

寝っ転がって欠伸をしていたエイミーも、笑顔を保っているがその顔には緊張が見られる。

アメリアとアン、アナは決闘をする四人とは距離を取って見守る。

そしてアメリアが決闘開始の合図をする。

「これよりリューク対テレシア、エイミー、サラの決闘を開始する。では——始め！」

アメリアがそう告げる——しかし、誰も動かない。

リュークは仁王立ちで立って相手の出方を窺《うかが》っている。

ルーカスと戦った時とは違い、木刀を持っておらず手ぶらである。

テレシア、エイミー、サラはリュークを観察し隙を見つけようとするが——全く見つからない。

そしてテレシアが気づく。

「この決闘……互いに見合ったところで無意味ですね」

隙を窺ってても見つからない。

そして——リュークも最初は相手の出方を待つ。

それは圧倒的に格上だからこその『待ち』。

リュークがその気になればこの勝負は一瞬で決着がつく。

だからこそ——相手からの攻撃を待っているのだ。

「じゃあ〜、うちたちから仕掛けるよ〜！」

エイミーはそう言うと魔法を使用する。

「『肉体強化《ゲオルグ》』！」

体が白く光ったと同時に——地面を蹴り、地面が抉《えぐ》れる。

異常なスピードで迫り、懐から出した短剣をリュークに向かって振るう。

——が、手首に軽く手を添えられただけで流されてしまう。

「肉体強化魔法——ユニーク魔法だな」

「あはは〜、すぐに見抜くんだね〜」

エイミーはそう言いながらも全力で短剣を振るう。

しかしリュークはそれを無手《むて》で捌《さば》く。

「エイミー！」

「はいは〜い」

テレシアが声をかけると、一旦《いったん》エイミーが距離を取る。

「『氷補足《アイスロック》』」

テレシアが魔法名を唱《とな》えた瞬間、テレシアの足下からリュークに向かって地面が凍《こお》り始める。

リュークは足下が凍る寸前に跳《と》んで回避し、降りる前に炎を出して周りの氷を溶かす。

「良い魔法だ、足を凍らせて身動きさせなくする。ジャンプして躱しても地面に足がつけば凍るようになっている」

「……そこまで読まれるとは」

「喋る暇《いとま》を与えるつもり――ないんだけどな～！」

エイミーも炎で足下の氷を溶かしながら突撃する。

残像が見えるかというほど速い剣撃をリュークは逸らし、躱す。

技術面で桁外《けたはず》れに上回っているからこそできる技である。

エイミーもそれをわかった上で突っ込み、短剣を振るう。

フェイントや体術を織り交ぜて繰り出すが、嵐に立ち向かう虫のように簡単に弾《はじ》かれ逸らされる。

二人が戦っている最中、リュークの横から拳大《こぶしだい》の石が飛んでくる。

テレシアが土魔法で石を作り、風魔法でリュークへと飛ばしたのだ。

エイミーには当たらないように飛んできた石を、リュークは剣撃を受けながらも躱す。

そして何個かエイミーに当たるように手や足で弾き飛ばす。

「くっ……！」

エイミーは石を躱すために距離を取る。

躱しきれずに当たったのか、左手で右腕を押さえている。

「痛いな～、テレシアも考えて攻撃してよ～」

「まさかそちらに逸らされるとは思っていませんでした、すいません」

ここで今まで戦闘に加担せず——魔力を貯《た》めることに集中していたサラから声がかかる。

「お姉様方、終わりました」

「おっけ～」

「了解です」

エイミーとテレシアはリュークから距離を取る。

先程エイミーが離れた時より大きく、サラの後ろまで下がる。

「食らいなさい！　あたしの最大魔法!!」

「『雷撃《ライゲキ》』！」

瞬間——サラの目の前は光で染まり、リュークの姿が見えなくなった。


「はぁ……はぁ……どうよ、倒したんじゃない？」

サラは肩で息をしながら、土煙《つちけむり》が上がり何も見えなくなっている目の前を見渡す。

『雷撃《ライゲキ》』。

ユニーク魔法、雷魔法である。

その迸《ほとばし》る大電流によって発生する熱は、魔物を内側から焦がし、壊死《えし》させて絶命させる。

魔物や人に当たればほぼ絶命は免《まぬが》れない。

「サラの雷魔法は流石だね～、倒れなくても結構なダメージは……ん～、なにあれ？」

土煙が晴れていくと、そこにはドーム状の物体があった。

雪で作る『カマクラ』のようなものが、土でできている感じである。

そしてドーム状のものが崩れ――中からリュークの姿が現れた。

「あれを受けて……無傷ですか……っ!?」

テレシアもこれには驚きを隠せない。

「なんで……いったいどうやって!?」

サラは絶対の自信があったのか、リュークの姿を見て絶望したような顔で問いかける。

「雷魔法……凄い攻撃だったぞ。まあ、見てわかる通り自分の身体を覆うように土で防壁を作ったんだ。雷が通らないように分厚くした」

「そんなことで……っ！　いや、地面に足がついてたはず！　地面には電撃《ライゲキ》は通るわ！」

「ああ、だから足下に氷を張った」

リュークの足下を見ると確かに氷が張っていた。

一人ちょうど乗れるくらいにしか張っておらず、よく注意して見ないと見逃してしまうほどだった。

「はぁ!?　氷は電気を通すわ！　少しは電流が弱くなるかもしれないけど無傷で済むはずがない！」

「いや、氷は電気を通さないぞ」

「通るわよ！　確認したことあるから間違いない！」

「普通の氷はな。ただこの氷は純水で作った氷、不純物が全くない」

「不純物が……ない……？」

「ああ、そうだ。水が電気を通すのは中に水ではない物が入っているからだ。それをゼロにする、すなわち純水にすると電気は通さない。だから純水を凍らせたものは電気を通さないんだ」

リュークが一つ一つ丁寧《ていねい》に説明する。

その言葉にサラはもちろん、テレシアやエイミーも目から鱗《うろこ》が落ちたかのように目を見開く。

「なんであんたが、そんな電気について詳しいのよ！　あたしは……っ！」

サラは悔しそうに下唇《くちびる》を噛んでいる。

顔を俯かせ眼は潤《うる》んでいるように見える。

「なんでって……そりゃあ――」

リュークが左の手のひらを広げ魔力を込める。

すると――手のひらの上でバチッと音が鳴り、電気が迸る。

「――俺もユニーク魔法の雷魔法を使えるからな」

「そんな……っ！」

サラは驚愕し、膝をつきそうな脱力感に襲われるがなんとか耐える。

ユニーク魔法とは――。

基本属性の火水風土光闇とは違い、扱える人は限られる。

数あるユニーク魔法だが、たとえ一番多くの人が使えるユニーク魔法でも、十万人に一人くらいにしか発現しないものである。

肉体強化魔法が十万人に一人くらいのユニーク魔法である。

そして、雷魔法――これはもっと少なく百万人に一人しか発現しない。

「確かリューク様は、アメリア様と同じように時空魔法も使えると聞きましたが……」

テレシアの言う通り、リュークは時空魔法――数億人に一人にしか発現しないと言われる魔法も使える。

「本当に……化け物だね～」

「そんなことって……私の雷魔法が……」

エイミーは引きつった笑顔で、もう余裕など全くない顔つきでリュークを睨んでいる。

サラはまだ立ち直れないのか、俯いてぶつぶつ言っている。

「さあ――続きをしようぜ」

茫然自失《ぼうぜんじしつ》となっている三人に、リュークは薄く笑いながら無情にもそう告げる――。

「お兄ちゃん、すっごい悪者感出てるんだけど」

「そうね、ヒーローの前に立ちはだかる最悪の敵って感じね」

「お前ら……リュークの友達なんだよな？」

外野で三人がそんなことを話してるのは戦っている最中の四人には聞こえていなかった。

「もうそっちの手は終わったか？　じゃあ……次はこっちから行くぞ」

リュークはそう言うと地面を蹴り一気に三人に迫る。

最初に狙ったのは——エイミーだった。

エイミーは自分が狙われていることに気づくと、すぐに後ろに飛び回避の態勢に入る。

しかし、その行動までも読んでいたのかリュークはいとも容易《たやす》く間合いを詰めてくる。

「くっ……！」

更《さら》に後ろに下がりながら苦し紛れに短剣を振るう。

もちろんリュークにそんなものが当たるわけなく、難なく躱され懐に潜り込まれる。

瞬間——エイミーの腹部に衝撃が走る。

「——かはっ！」

肺に入ってる空気が口から抜ける。

膝をついてお腹《なか》を押さえて倒れこむ。

「エイミー！　『風刃《シャイド》』！」

テレシアがすぐさま魔法を発動させ、不可視の風の刃を飛ばし攻撃をする。

リュークは目の前から攻撃が来ることをわかっていながら、テレシアに向かって突進する。

風の刃が襲う——はずが、リュークの身体には傷一つ付かない。

テレシアは風の刃が、それより更に大きな風魔法によって逸らされたことを感じた。

その隙にリュークはテレシアに接近。

テレシアも魔法を発動しようとするが間に合わず、エイミーと同じく腹部を殴打《おうだ》され、その衝撃で吹っ飛び数メートル転がる。

「いっ……！」

リュークは転がるテレシアから目を離し、サラに目を向ける。

「テレシアお姉様！　エイミーお姉様！」

サラは何もできずにいる自分を不甲斐《ふがい》なく思い唇を嚙む。

「どうする？　降参するか？」

「誰が……!?　まだ戦《や》るわよ！」

続行を主張したサラだが、もう雷魔法を使う魔力は残ってなかった。

先程の攻撃で全ての魔力を使ってしまったのだ。

「そうか……じゃあ、これでおしまいだ」

リュークは離れたところにいるサラに向かって、氷の礫《つぶて》を作って飛ばす。

逃げられないように何十個も飛ばし、逃げ道をなくす。

「くっ……！」

サラには避ける術《すべ》もなく、ただその攻撃の衝撃に備える覚悟をするだけだった。

（あたしは、強くなったのに……なんで……っ！）


サラ――十六歳、三姉妹の末っ子。

末っ子として生まれたサラは、周囲に期待されていた。

長女、テレシアは七歳から入れる魔法学校の入学試験で優秀な成績を収め特待生として入学。その後の学校生活でも、基本属性の六属性全てを使いこなし十年に一人の逸材《いつざい》としてもてはやされていた。

次女、エイミーは火属性と風属性の二つの基本属性の適性があり、そして十万人に一人にしか発現しないユニーク魔法、『肉体強化魔法』を持っていた。

テレシアとエイミーが通っていた学校では十年ぶりのユニーク魔法保持者であり、エイミーも天才であった。

必然的に、三女のサラも何か特別な力を持っているのではないかと期待されていた。

しかし――入学試験に不合格。

理由は単純明快、基本属性の適性なし。

魔法が――使えなかった。

周囲の期待に応えられなかったサラは親にも見放され、ご飯などは作ってくれるが会話などは一切《いっさい》なく、顔も合わせてくれなかった。

姉の二人はサラを気にはしていたが全寮制の学校で、長い休みの時に帰ってきても話をする機会すらなく、サラには何もしてやれなかった。

サラは学校にも行けずに部屋で塞《ふさ》ぎ込んでいた。

――必要のない子。選ばれなかった子。

周囲からそう言われ、親からも態度でそう示された。


そこから五年ほど、サラにとっては地獄の日々が続いた。

何も生産性がない――ゴミみたいな毎日。

家にいても親からは無視され、外に出たら近所の子供から罵声《ばせい》を浴びせられ石を投げられ、心も身体も傷ついていく。

ほとんど毎日、街の高台の樹が茂っているところに通い詰め、一番大きな樹の下に座ってじっとしていた。

虚空《こくう》を見つめ、朝から夕方にかけて何もせずに。

そして五年後、サラが十二歳になった頃——突如《とつじょ》その日は訪れた。

その日は雨が降っていた。

傘《かさ》をささないと目の前が何も見えなくなるほどの強い雨だった。

しかし、そんな日でもサラは樹の下に座っていた。

樹の下なので少しは雨が凌《しの》げたが、それでもサラはびしょ濡《ぬ》れになっていた。

サラは三メートル先も見えないほどの雨をじっと見ていた。

そしてサラの耳にゴロゴロという音が聞こえた瞬間——サラの目の前は白く染まり、身体に激痛が走った。

——雷に打たれたのだ。


その場に倒れ込むサラ。

しかし、意識を辛《かろ》うじて保っていたサラは、天命を受けたような感覚に陥《おちい》っていた。

痛みに耐えながらも腕を上げて手のひらを顔の前に持ってくる。

そして手のひらに『何か』を込める。

するとなんとか開けていられた目に映ったのは——手のひらから光が発する瞬間だった。

「——あはは……っ！」

力なく笑い、目を閉じ気絶した。

その後、サラを心配して捜していたテレシアとエイミーが高台で倒れているところを見つけた。

六年制の学校を卒業して、六属性魔法を大人の魔法使いより上手く使いこなせるようになったテレシアが治療を行い、サラはなんとか一命を取り留めた。

ほとんど後遺症は残らずにすんだが、落雷を受け身体に流れた電流が放電した部分――サラの場合、右肩から背中にかけて、火傷により皮膚がただれ、傷痕《きずあと》が残った。

雷に打たれた時にできた傷跡は、『リヒテンベルク図』と呼ばれる形に、電気が通った部分が火傷を負って、まるでタトゥーみたいになる。

その傷痕は右肩から背中にかけてなので服を着れば見えなくなった。

そして、雷に打たれたことにより、サラに『雷魔法』が発現した。

雷に打たれた全員が発現するわけではない。

ただ、サラにはその才能があったが教える人がおらず、ユニーク魔法であったために自分がそんな魔法を使えるとは知らなかった。

今回の落雷でそのきっかけを摑んだサラは、雷魔法を必死に練習した。

周囲の人や親も百万人に一人の才能が開花したのを知って、今度こそはと期待した。

しかし、ユニーク魔法『雷魔法』はそんなに甘いものではなかった。

たくさん魔法の本を読んでも雷魔法のことは少ししか書いてない。

自己流で練習しても、せいぜい手のひらに電気が発生する程度。

数カ月後には、期待していた人たち、親ですらもう失望していた。

しかし、二人の姉は妹を見捨てなかった。

一緒に魔力を操る練習をし、魔法の本をサラのためにいっぱい読んで雷魔法について書いてある本を色々探してくれた。


そんな姉二人の期待に応えるために――サラはある決心をした。


――そして数カ月後。

「サラっ！　サラっ！　しっかりしてっ！」

「なんでこんなことを……っ!!」

テレシアとエイミーは大雨の中、高台に来ていた。

樹が茂った所、そこにサラは倒れていた。

右手には真剣が握られており、地面には雷が落ちた跡の『リヒテンベルク図』のギザギザ模様があった。

「おねえ……さまっ……」

「サラっ！　テレシアっ!!　早く治癒《ちゆ》魔法っ！」

「やっていますっ!!」

エイミーがサラを抱き起こし、テレシアは両手をサラに向けて魔法を放っている。

エイミーの目には涙が光っており、普段ののんびりとした口調でなく、悲痛な声を上げていた。

「なんでこんな危ないことを！　雷を誘導して自分に当てるなど……っ！」

「テレ、シア……おねえ、さま……ごめんなさい……」

「謝罪が聞きたいんじゃありません！　理由を聞きたいのです！」

「……雷、もういっ、かい……打たれたら……まほう……」

「っ！　……もういいです、わかりましたから……もう喋らないで……」

テレシアはサラの真意を知り、涙を零《こぼ》さずにはいられなかった。

「サラ……ごめんね……っ！」

「エイ、ミー……おねえさまっ……」

「もう苦しませないからね……絶対に、守ってあげるから……っ！」

エイミーは泣きながら強く抱きしめる。

その言葉を聞き、サラは目を閉じ眠るように気絶する。

その顔は少し安心したかのように、しかし同時に、痛みに耐えているように見えた。

「エイミー……私たちはダメな姉ですね。妹がこんなに苦しんでいるのを理解できずに……」

「……ほんとだよ。だから……うちはもっともっと強くなる。今度こそ、妹を護《まも》るために」

「なら私は、エイミーより、サラより強くならないといけませんね。長女なので」

テレシアとエイミーはこの日、『誓《ちか》い』を立てた。

妹のサラを必ず護る、と——。


サラの目の前には氷の礫が迫っていた。

サラがもう目を瞑ろうとした時——目の前に何かが立ち塞がった。

閉じかけた目を開くと——二人のお姉様の背中が見えた。

「——くっ！」

「——ああっ！」

テレシアは風魔法で氷の礫を逸らし、エイミーは短剣で弾き飛ばす。

しかし、テレシアとエイミーには全てを逸らせず弾き飛ばせなかった氷の礫が襲う。

だが——サラには一個も当たらなかった。

否《いな》、当てさせなかった。

「テレシア、お姉様……エイミー、お姉様……」

「はあ……はあ……降参、です」

「はあ……はあ……もう、無理だよ～」

テレシアとエイミーは前のめりに倒れ込む。

そしてその言葉を聞き、アメリアが告げる。

「ふむ――この勝負、リュークの勝利とする！」

こうして決闘は終わった。


「お兄ちゃんが、『鬼』いちゃんということがわかった決闘だったよ」

「ちょっと待て、意味がわからん」

リュークがアンたちに近づき感想を聞いた際に、アナが開口一番《かいこういちばん》に言った言葉だった。

「リューク……私も流石に擁護《ようご》できないわ」

「普通に決闘して勝っただけだろ？」

「女の子二人に『腹パン』決めて、動けない女の子に魔法ぶっ放して勝つのが普通とは思えないけれど」

「いや、手加減したぞ？　ほら、ルーカスみたいに気絶まではいってない」

「腹パンされて悶絶《もんぜつ》するくらいなら、気絶の方がマシじゃないの？」

「アナ、何言ってんだ。気絶してたら二人がサラを助けられなかっただろ？」

「結果論よねそれ？　しかも腹パンされた身体に鞭打《むち》って助けに行かせた原因の人が言う台詞《せりふ》じゃないわ」

「……まあいいじゃん」

「適当すぎじゃないお兄ちゃん⁉」

三人が話している間、アメリアはテレシアたちに近づいて行く。

テレシアとエイミーは仰向《あおむ》けに倒れて、身体中痛そうに顔を歪めていた。

額からは血も流れていた。

サラは姉二人の側で力が抜けたように座り込んでいた。

「ご苦労だったな、お前たち」

「アメリア、様。はあ……はあ……申し訳、ございません。このような格好《かっこう》で……」

「いい、そのまま楽にしていろ」

アメリアは倒れ込んでいる二人に両手をかざし、魔法を発動させる。

アメリアが得意な水魔法――治癒魔法である。

「ありがとうございますアメリア様～。アメリア様の魔法だったらすぐに治っちゃいますよ～」

「エイミー、あまり喋るな。お前が一番重傷なんだ」

エイミーは『肉体強化魔法《じょうじん》』を使っていた。

それを使っていれば常人より防御力《ぼうぎょりょく》は上がるだろう。

しかしその防御力をもってしても、リュークの『腹パン』で悶絶。

つまりテレシアが受けたのより強い力で『腹パン』されたということになる。

『肉体強化魔法』を使っていれば痛みはテレシアと同じくらいだとは思うが、魔力が切れた今、お前が一番ダメージが大きい。ゆっくり休め」

「……はい～。ありがとう、ございます～……」

エイミーは安心したように顔を綻《ほころ》ばせて、治癒魔法の気持ち良さに身を任せて目を瞑り、眠りにつく。

「テレシア……お姉様……。エイミー、お姉様……」

サラは二人の姉の傷だらけの姿に涙を零す。

二人がここまで怪我をしたのは自分の不甲斐なさ、弱さの結果だと──。

自分の至《いた》らなさが生み出したものだと──。

「テレシア、お姉様……あたし──」

「──サラ」

顔を俯かせ、悲痛な声で何かを言おうとしたサラに、テレシアは穏《おだ》やかに問いかける。

「怪我は──しませんでしたか？」

「──っ！　……は、い……しなかったです」

「そう……何よりです」

テレシアはその答えだけを聞くと、エイミーと同じように穏やかな笑顔で目を瞑った。

「……」

「サラよ……良い姉を持ったな」

「……はい。本当に、強く、そう思います」

謝罪を──しようとした自分を止め、先に出て来なければいけなかった言葉をサラは口にする。

「──ありがとう、ございます……っ！　テレシアお姉様、エイミーお姉様……」


しばらくすると感想を言い合い終わったのか、リュークたちが近づいてくる。

「よっ、お疲れー」

「サラ、決闘お疲れー！　凄かったよサラの魔法！　ゴロゴロドッカーンって感じで！」

「何言っているかわからないわよアナ……お疲れ様サラさん。テレシアさんとエイミーさんは……眠ってるのね。無理もないわ」

「アメリア、手伝おうか？」

「いや、大丈夫だ。私の部下だからな。これくらいは一人でさせてくれ」

「……そうか、わかった。サラ、悪かったな、怖い思いさせたか？」

「……別に、大丈夫だったわ」

「そうか？　なら良かった」

「お兄ちゃん！　強がりなんだからそんなあっさり引き下がっちゃダメだよ！」

「つ、つつ強がりじゃないわよ！」

「わかりやすい動揺の仕方ね」

サラは動揺を誤魔化《ごまか》すように、わざとらしく咳払《せきばら》いを一回して。

「と、とにかく！　リューク、その、あたしも悪かったわ。いきなり難癖《なんくせ》つけて決闘をさせて……」

「あ、難癖ってわかってたんだな」

「う、うるさいわね！　決闘に負けたからにはあんたを認めてあげるわ！」

「なんでサラは負けたのに上からなんだろ？」

「アナ、あなたも黙ってなさい」

「次はあんたにあたしを認めさせてやるわよ！　覚悟してなさい！」

サラは立ち上がりリュークを指さして宣言する。

「え、もう認めてるけど？」

「へ？」

間《ま》の抜けた声を出したサラに、リュークが淡々と続ける。

「サラの『雷撃《ライゲキ》』、あれはアメリアの『津波《ツナミ》』に匹敵《ひってき》する威力《いりょく》だったぞ」

「なっ⁉　あ、あたしの魔法がアメリア様の魔法に届くなんて……あるわけ……」

「まあ、攻撃特化の雷魔法と支援特化の水魔法の攻撃が同じ威力ってのは、やっぱりアメリアの凄さがわかるけどな」

「え？　そ、そうか？　い、いきなり褒めるな……」

「それにサラは撃った後は動けないほど疲労していたが、アメリアは少しふらつく程度ですぐに他の魔法を使えたしな」

「だ、だから心の準備くらいさせろと……」

「……あんた、あたしを認めたんじゃないの？」

自分が褒められたと思ったら、その矛先《ほこさき》がいきなり変わってイラつくサラ。

「それでも、アメリアをS級へと駆け上がらせた魔法と同威力なんだ。それは本当に凄いと思うぞ」

「っ！　そ、そんな……あたしなんてまだまだ、アメリア様に届くなんて……」

「そうだよサラ！　お兄ちゃんが言うんだから間違いないよ！」

「そうね、どっちの魔法も完璧に防いだリュークが言うのだからね」

「……リュークは規格外すぎるな」

「まあ、俺のことはどうでもよくてだな」

話の流れが少し変わってるのを感じ、一度会話を区切り、話を戻す。

「それだけの魔法を使える奴を、認めない方が無理な話だろ？」

「……っ」

リュークはそう言ってサラに笑いかける。

サラはその笑顔を見て少し顔を赤らめ、顔を背《そむ》ける。

「それに、サラの雷魔法。見た感じ独学だろ？」

「……そうね。よくわかったわね」

サラは四年ほどの年月、雷魔法の研究、練習をした。

二度雷を喰《く》らい、練習をするときも自分の身体に電流が流れたことなんて数えきれないほどある。

「なんとなく、な。雷魔法を独学でそこまで上達するのは、並大抵《なみたいてい》の努力じゃ無理だっただろう。素直に尊敬するよ」

「……」

「俺は母ちゃんがいたからな。全部教えてくれたが……」

リュークは少し身体を震わすと怯《おび》えたように呟く。

「思い出したくない……『雷魔法を覚えるのは身体でね』とか言って、俺に雷魔法を撃ってきた……」

「あんたのお母さん鬼畜《きちく》すぎるでしょ!?」

サラは自分も何回も経験したことがあるからこそ、その痛みや恐怖がわかった。

「それでも、母ちゃんは上手く加減してくれたからな。サラ、多分お前は違うだろ?」

「っ！　……そう、ね」

自然の雷。

そこにはもちろん力加減などなく、一歩間違えれば文字通り『即死』である。

「だから俺はお前を認めるし、尊敬するよ」

「……ふ、ふん！　あんたなんかに認められても嬉《うれ》しくなんてないんだから！」

「いや、さっき認めさせてやるとか言ってたじゃねえか」

「き、聞き違いじゃないの?」

「いや無理があるだろ……あ、そうだ」

リュークは何か思い出したかのように問いかける。

「サラ、『雷の傷痕』はないか?　雷を喰らったならできてるかと思うが……」

「っ！　……確かにあるわ。右肩から背中にかけてね」

サラは左手を右肩に置いて、背中を気にするように摩《さす》る。

「それ、治そうと思えば治せるぞ」

「え?　そうなの?」

「ああ、どうする?」

サラは背中を摩りながら考える。

雷を二度打たれ、右肩から背中にかけてできた傷痕。

それを初めて姉二人に見せた時の反応――。

『カッコいいと思うよ～？　うちは好きだな～』

『ええ、そうですね。その傷痕はサラ、貴女の努力や覚悟を示していると私は思いますよ』

――その言葉を思い出し、ふっと笑い。

「大丈夫よ、結構気に入ってるのこれ。タトゥーみたいでカッコいいし。それに――」

「――私はこの背中の傷を誇りに思ってるわ」

そう言って、初めてサラはリュークに笑顔を見せた。


その後、テレシアとエイミーへの治癒魔法が終わり、二人はほとんど全快した。

魔力はまだ戻ってないが、二人は思いっきり魔力を使ったわけではなく、それに関してはサラの方が枯渇《こかつ》状態であった。

一段落ついたので、アンとアナが作ってきてくれた弁当を広げ、七人で食べることにした。

「そういえばまだお昼だったね～。朝からいろんなことがあったからすっかり忘れてたよ～」

地面に座ってサンドイッチを片手にエイミーが言う。

　みんなも同じように座って、サンドイッチやおにぎりを食べている。

「そうですね。リューク様とルーカスの決闘があり、先程の私たちとの決闘」

「特にお兄ちゃんが一番濃い一日を過ごしてるけど……いちばん疲れてなさそうなのはなんで？」

「私とアナも走って疲れてて、アメリアも治癒魔法で疲れてるのに……」

「まあこのくらいの戦いとかは慣れてるからな」

「S級冒険者と、A級冒険者三人と戦うほどの事態に慣れてるとは……。リュークよ、お前は一体どういう人生を送ってきたのだ」

「んー、普通の人生？」

「普通ではないってことは断言できるわね」

　リュークが首を傾げながら言った言葉にアンがツッコミを入れた。

「そういえばさ、テレシアって氷の魔法使ってたよな？」

「はい、使いましたね」

「テレシアが使えるのに、アメリアはなんで使わなかったんだ？　教えてやればよかったのに」

「むっ……そういえばそうだな。テレシアよ、なぜ私に教えなかった？」

「申し訳ございません。まさか水魔法を得意とするアメリア様が、氷での攻撃を知らないとはつゆも思わず……」

「遠回しに、『そんな馬鹿《ばか》とは思わなかった』って言ってるわよね」

「アメリア様なりの『こだわり』だと……まさか本当に知らないとは夢にも思いませんでした。私のミスです」

「テレシアさんも、そこまで嫌味言うの？」

「……ぐすっ」

「アメリア泣いちゃったよ!?」

「ああ、泣くアメリア様もなんて庇護《ひご》欲をかき立てる……とても可愛いです……」

「ん～、このサンドイッチも美味《おい》しい～」


数十分後、昼飯も食べたので休憩は終わった。

「よし！　じゃあ鍛錬始めるか！」

リュークたちは昨日に引き続き魔法の練習を始める。

「アン、アナ。今日はアメリアに教えてもらってくれ」

「は？　わ、私が教えるのか!?」

「アメリア、よろしくね」

「アメリア……いや、お師匠様《ししょう》！　よろしくお願いします！」

「お、お師匠様……？　意外と悪くない……うむ！　アン、アナよ！　私が教えてやろう！」

「アメリアってやっぱりチョロいよな」

先程まで泣いていたのが嘘《うそ》のように、アメリアは調子づいて胸を張って答える。

「よし、じゃあ俺はお前らに教えるか」

「よろしくお願いします」

「リューク君よろしくね～」

「……よろしく」

リュークはテレシアたちに向かい合う。

テレシアたちが先程の戦いで気づいたことなどを教えてほしいと頼んだのだ。

「まずはテレシアからいこうか」

「はい」

「テレシアは全属性を使えるんだよな？」

「はい、使えます」

「うん、だけど全部使えるからといって全部使えば強いというわけではない。全部使ってたら器用貧乏《きようびんぼう》になりかねない」

「なるほど、全部に手を出してたら中途半端になると……」

「そうだ、だからさっき見た感じ風魔法が一番だったから、相性の良い火魔法を一緒に攻撃に使えばいいと思うぞ」

「わかりました、ありがとうございます」

「うん、あと三人全員に言えることだが、やっぱり魔力操作が拙《つたな》い。三人ともアメリアには遠く及ばない。だからテレシアもあっちに行って魔力操作を練習してくれ」

リュークが、アメリアがアンたちに教えているところを指差す。テレシアはもう一度彼に礼を言うとそっちに向かった。

「さて、じゃあ次はエイミーな」

「は～い、よろしくね～」

「エイミーは火属性と風属性、そしてユニーク魔法の肉体強化魔法……見事に攻撃特化だな」

「魔物殺すの楽しいしね～」

案外エグイ感性を持っているエイミー。

「そ、そうか。エイミーの肉体強化、あれはルーカスの動きに負けず劣らずだったぞ。だけどルーカスより簡単に俺が捌《さば》けた理由は技術のなさだな。力任せに振りすぎだ」

「ん～、魔物相手に技術が必要だと思ったことないからあんまり学んでこなかったけど、やっぱり上に行くには必須か～」

「ああ、あとスピード重視したのかわからんが、短剣以外も使った方がいいな。それか短剣を両手に持って二刀流。扱いが難しくなるが手数は倍になる」

「お〜、二刀流カッコいいね〜！　それにしようかな〜」

「じゃあ後で短剣二本の扱い方教えるから。今日はエイミーにつきっきりになりそうだな」

その言葉にサラがムッとした表情になる。

それを見逃さないエイミー。

「あれ〜、サラ嫉妬《しっと》〜？　可愛いな〜」

「な、なんであたしが嫉妬なんか……っ！」

「大丈夫だよ〜、リューク君奪ったりしないから〜」

「そ、そんな奴いらないですから！」

「待て、まず俺は誰のものでもないんだが」

なぜか顔が赤くなってるサラを不思議がりながらリュークは続ける。

「じゃあ次はサラ。お前はユニーク魔法の雷魔法。これ以上ない攻撃魔法だな」

「そうね、あたしもそう思うわ」

「雷魔法の一番の強みは、ほとんど防ぎようのない攻撃ってところだな。硬《かた》い鱗なんて全く関係なく相手に攻撃が通る」

「それをあんたは防いだけどね」

「うちも驚いたな〜。リューク君に雷魔法の攻撃が決まった時、倒した、もしくは殺したって思ったのに」

「殺しちゃダメだろ。まあそれは俺が防ぎ方を知ってたからで、普通の人や魔物はなす術なく喰らうと思うぞ」

「そうね……それで、あたしは何をすれば強くなれるのかしら？」

「んー、魔力操作と魔力量を増やす練習としか言えないな。純粋に魔法を強くするならその二つに限る」

「そう、そうよね。じゃああたしもアメリア様たちのところに……」

「あとは使い方も学ばないとな。俺への攻撃の時、辺り一面を雷で埋め尽くすほどの大きさだったが、あれは言ってしまえば無意味だ」

「は？　なんでよ。あんだけ大きければ逃げられないじゃない」

「俺には『時空魔法』があったからな。逃げようと思えば一瞬でお前らの後ろに跳べたぞ」

「あっ……」

「まあそれは俺に限る……いや、アメリアもできるな。相手によるが、相手に合わせて攻撃手段も変えないとな」

「……わかったわ、考えてみる。ありがと」

「おう、じゃあ頑張って練習してこい」

サラは顔を赤く染めながら礼を言うと、足早にアメリアたちの方に行った。

「う～ん、可愛い妹が離れていく感じがするな～。寂しいような嬉しいような～」

「どういう意味だ？」

「なんでもないよ～。じゃあ二刀流教えて～」

「ああ、とりあえず短剣と……これでいいか」

短剣くらいの長さの木の棒を見つける。

それはコボルトたちが持っていたもので、サラたちが倒した時に残ったものだった。

それを拾いエイミーに渡す。

「じゃあどうやって教えてくれるの～」

「んー、魔法は言葉で教えられるのだが体術は感じ取れとしか言えないな……俺もそうやってきたから」

剣神ヴァリーとの稽古《けいこ》は、ほとんど撃ち合いであった。

ヴァリーが教えるのが下手ということもあったが、リュークもその方が技術を奪えて早く成長できた。

「だから——とりあえず撃ち込んでこい」

「へ？　二刀流のやり方わからないよ～？」

「撃ち合うなかで学んでいけ。俺も間違ってるところを指摘《してき》したり、隙を見つけたら攻撃するから」

「わかった〜、お手柔らかにね〜」

「あ、肉体強化魔法使えよ。そうしないと練習になんねえだろ？」

「いいの〜？　手加減できないよ〜？」

「大丈夫だ、今回は……俺も手加減しないからな」

——先程の戦いは手加減したと言うリュークは証明するかのように。

三十分後、ボコボコにされたエイミーが地面に転がっていた。

しかし、それは地獄の始まりでしかなく——。

すぐに治癒魔法で回復させられ、またボコられ——その鍛錬という名の地獄は、三時間に及んだ。


「お、お姉様……あっち……」

「サラ、見ては駄目です。エイミーは……尊《とうと》い犠牲《ぎせい》になったのです」

「まだ死んではないと思うけれど」

「お姉ちゃん、『まだ』って言ってる時点で危ないと思うよ」

「おいお前たち！　集中しろ！　お師匠様の言うことが聞けないというのか！」

「アナのせいでアメリアもうざ……変になっちゃったし」

「私のせい!?　お姉ちゃんひどいよ！」

「今、うざいって言わなかったか？」

数時間後——日は西に沈み、辺りが紅《あか》く染まる。

草原には六人の人間が立っていた。

——六人。

アン、アナ、アメリア、テレシア、サラ、リューク。

その六人は……倒れている一人の周りに立っていた。

「エイミー……お姉様っ！」

「なんて無残《むざん》な……っ！」

「エイミー……お前の犠牲は忘れないぞ」

「いや、だから殺してねえよ？」

「今日の犠牲は私たちじゃなくてエイミーだったね」

「そうね、良かったわ」

「お前らはもうちょっと心配してもいいんじゃないか？」

「これをしたお兄ちゃんが言うの？」

エイミーは、無傷であった。

無傷であるのだが——白く燃え尽きていた。

「人って……こんな白くなれるんだね。初めて知ったよ」

「うん、なんか……紅く染まった草原と、白く染まったエイミー。良い感じだぞ」

「リューク、それは何を目的としたフォローなのかしら？」

白かったエイミーも色が戻ってきたのか、酷《ひど》く怠《だる》そうに身体を起こす。

「あれ〜……うち、何してたっけ〜？　二刀流教わるってなってから……何も思い出せないんだけど〜」

「お姉様、思い出さなくていいんです。忘れましょう」

「そうですエイミー、あなたはこの数時間、ここで眠っていたのです」

「それは無理があると思うけど〜」

エイミーはゆっくり立ち上がり、寝っ転がった時についた草などを払う。

「ん〜、なんか身体は軽いのに疲れてる気がするな〜」

治癒魔法では体力までの回復はできないので、何時間も特訓（地獄）をしていたら疲れるのは当然である。

「じゃあエイミーも起きたことだし、帰るとするか」

「そうだね……あっ」

「どうしたの？」

「……お兄ちゃん、また走って帰るの……？」

「もちろん走るぞ」

「忘れていた……いえ、思い出すのが嫌で記憶の彼方《かなた》に追いやっていただけね……」

恒例《こうれい》のごとく、アンとアナは絶望した顔で虚空を眺める。

「あ、エイミーは俺が背負ってくから」

「え、ほんとに～？」

「な!?　あんたなんでエイミーお姉様を!?」

「え、だってエイミー走れないだろ？」

「え～とっ……」

エイミーは走ろうと足を動かすが、走り出す前に歩くのですらフラついてしまう。

「うん、無理かな～」

「だから俺の背中に乗ってくれ」

「こういう時はお姫様抱っこじゃないのかな～？」

「お、お姉様!?　そんなうらやま……けしからんことはあってはなりませんことよ！」

「サラ、喋り方が崩壊《ほうかい》していますよ」

「ふむ、とりあえずエイミーはリュークに背負ってもらえ」

「は～い。リューク君よろしくね～」

リュークは腰を落としエイミーが乗りやすいようにする。

そしてエイミーが背中に乗ると立ち上がり、持ちやすいように体勢を立て直す。

「んっ！　リューク君、どこ触ってるのかな～？」

「え？　太ももあたりだが……もしかして嫌か？」

「……まあいいかな～、あんまわかってないみたいだし」

エイミーは後ろから首に腕を回し密着する。

その際、豊満な胸が背中に潰され形を変えるのをアン、アナ、サラは目撃する。

「……まだ十六歳だからしょうがないわよね」

「私とお姉ちゃんはね……」

「ちょっとアナ！　今あたしの方見ながら言ったでしょ！　私もあんたたちと同じでまだ十六歳よ！」

「一応私、サラさんに勝ってると自負してるわ」

「私はまだ身長伸びてるし、未来あるけど……サラは哀《あわ》れだね」

「酷過ぎない!?　あたしだって未来あるわよ！」

その会話を聞いて察したテレシアが話に入ってくる。

「私とエイミーは、十六歳の時には今くらいありましたが」

「お姉様!?　う、裏切りですか!?」

「ちなみにサラがアメリア様に憧《あこが》れたのは、同じ大きさくらいでも頑張っている人がいると思

ったため、ってわけではないのでそこは勘違《かんちが》いしないようにお願いします」

「いきなり飛び火が来たぞ!?」

エイミーとほぼ同格のモノを持っているテレシアは、アメリアとサラを慈愛《じあい》の目をもって見て。

「大丈夫です。サラが毎朝牛乳を飲んでいるのは、アメリア様の真似《まね》をしているということはわかっていますから。そして結果は……お二人とも見ればわかるように――」

「……ぐすっ」

「……ぐすっ」

「今度はサラまで泣いちゃったよ!?」

「テレシアさん、意外と容赦《ようしゃ》ないわよね……」


「あいつらは何の話してるんだ?」

「持つ者と持たざる者の戦い、ってやつだよ～」

「全く意味わからないが……」

「リューク君はわからなくて大丈夫だよ～」


こうして七人は走って帰ることになった。

一人は走れない者を背負って。
一人は走れないので背負われて。
一人は淡々と走って。
二人は息を極限まで切らして。
二人は虚《うつ》ろな目でただ足を動かして。

あとがき

こんにちは、こんばんは、おはようございます。読者様がどの時間帯に読んでいるか不明なので、とりあえず全部言っておきました。

作者のｓｈｉｒｙｕと申します。

この度は、自分の本をお読みいただきありがとうございます！

知っている方は多いかもしれませんが、この作品は「小説家になろう」というサイトで書いている作品です。

そして自分にとってこの作品は、オリジナル作品だと初めて書いた小説です。

二次創作などを趣味で書いていましたので、初めての作品ではありませんが、オリジナルだとこの作品が初めてです。

なので、最初は苦労したものです……。

特にキャラの言葉遣《づか》い！

二次創作だと、他の有名な作品のキャラをお借りして書いているので、キャラの口調などはそのままお借りして書けるのですが、オリジナルだとそうはいきません。

自分で一から、キャラを作り上げないといけないので、二次創作に慣れていた自分にとってはキャラの描き方が一番難しかったです。

キャラの言葉遣いとかがブレることが多くて、特に最初は主人公のリュークが一番ブレブレでした……。

物語の主人公すら自分はまともに書けないのか、と落胆《らくたん》したものです。

ですがそれでも懸命に書き続け、ブレブレだった作品がここまで来れて、作家の一種の目標である「あとがき」を書けているのです！

書籍化の打診が来た時は本当に驚いたものです。

というか、最初に驚いたのはいきなり「小説家になろう」で日間ランキングに載《の》ったことでしたね。

いきなりブックマーク数などが増えて、本当にビックリしました。

何がきっかけなのかはわかりませんが、いろんな方に読んでいただき、感想をいただけてとても嬉《うれ》しかったです。

そして一番多かったという印象がある感想は、

「リューク、十二歳で一七〇ってデカくね？」

でしたね。

この作品を本で初めて読んでくださった方は知らないと思いますが、元々リュークの年齢設定は十二歳でした。

そこが読者の皆様に疑問を抱かせてしまったようです。

やはりそういうキャラ設定がまだ全然慣れていない証拠、って感じでしたね……。

それで、書籍化の打診が来て集英社に行き編集者の方とお会いして、

「特に直すところはないと思いますが、リュークの年齢がちょっと……」

と言われて、「あ、やっぱりそこですよね」となって、年齢を変えて十六歳にしたのです。

それに伴《ともな》って、アンとアナの年齢も変えました。

まあ、それはあまりストーリーに大きな影響はなかったので、簡単に直せました。

ただ、やっぱりここでも自分の実力不足を実感しました。

編集者の方に文章を見てもらって変な文章などを直す作業、いわゆる校閲《こうえつ》をしてもらったのですが……。

もう、直すところが多い多い！

やっぱり自分はまだまだなんだな、と思いながら一生懸命に直しました。

そして！　遂《つい》に読者様にこうして読んでいただいているのです！

まだなんだか自分の作品が本になって出版されるなんて実感が湧《わ》きませんが、本当に自分のことのように嬉しいです！（自分のことか！）

本当に感謝しかありません。

自分の作品をここまで面倒《めんどう》を見てくださった編集者様、ダッシュエックス文庫の皆様。

そして自分が書いたキャラに絵をつけて、命を吹き込んでくださったイラストレーターの葉《は》山《やま》えいし様。

とても綺麗《きれい》で、可愛《かわい》い絵で、本当に自分が書いたキャラなのか疑ってしまったぐらいです。

本当に感謝しています。

そして、一番感謝を伝えたいのは、この本を読んでくださった読者の皆様です。

この作品が書籍化まで至《いた》ったのは、「小説家になろう」で皆様が自分の作品を読んでくださったお陰《かげ》です。

皆様が読んでくださらなかったら、自分の作品はここまで来ることはありえなかったと思います。

本当に！　マジで！　ガチで！

ありがとうございます！

二巻が出るのかまだわかりませんが、できるならまた皆様にこの「あとがき」でお会いしたいです。

まだまだ剣神と魔帝の息子、リュークの旅は続きます。

「二巻が出るまで気になって待てないよー」

という方がいれば、「小説家になろう」に続きがあるので読んでいただけたら幸いです。

では皆様、またどこかで会いましょう。できれば二巻で！

以上！　ここまでのお相手はｓｈｉｒｙｕでお送りいたしました！

ｓｈｉｒｙｕ

ダッシュエックス文庫

剣神と魔帝の息子はダテじゃない

shiryu

2019年1月30日　第1刷発行

★定価はカバーに表示してあります

発行者　鈴木晴彦
発行所　株式会社　集英社
〒101−8050　東京都千代田区一ツ橋2−5−10
03(3230)6229(編集)
03(3230)6393(販売／書店専用)03(3230)6080(読者係)
印刷所　凸版印刷株式会社
編集協力　法貴仁敬(RCE)

ISBN978-4-08-631291-2 C0193

ダッシュエックス文庫

努力しすぎた世界最強の武闘家は、魔法世界を余裕で生き抜く。6

わんこそば
イラスト／ニノモトニノ

自分を捨てた両親との再会、最後の魔王の襲撃、そして大切な人たちとの別れ。大魔法使いになるための武者修行、クライマックス！

異世界に来た僕は器用貧乏で素早さ頼りな旅をする2

紙風船
イラスト／こちも

世界最速の転移者が美女エルフと駆け抜けるファンタジーライフ第2弾!! 新たな装備、新たなスキル、深まる絆で無敵の冒険記！

隠れたがり希少種族は【調薬】スキルで絆を結ぶ

イナンナ
イラスト／美和野らぐ

人気のVRゲームで何かと話題に上る希少種族のプレイヤー辰砂。【調薬】スキルが他のプレイヤーとNPCを魅了してしまう！

英雄教室

新木 伸
イラスト／森沢晴行

元勇者が普通の学生になるため、エリート学園に入学!? 訳あり美少女と友達になり、ドラゴンを手懐けて破天荒学園ライフ満喫中！

ダッシュエックス文庫

英雄教室2
新木 伸
イラスト／森沢晴行

魔王の娘がブレイドに宣戦布告!? 国王の思いつきで行われた「実践的訓練」で王都が大ピンチに!? 元勇者の日常は大いに規格外!

英雄教室3
新木 伸
イラスト／森沢晴行

ブレイドと国王が決闘!? 最強ガーディアンが仲間入りしてついにブレイド敗北か!? 元勇者は破天荒スローライフを今日も満喫中!

英雄教室4
新木 伸
イラスト／森沢晴行

ローズウッド学園で生徒会長を決める選挙を開催!? 女子生徒がお色気全開!? トモダチのおかげで、元勇者は毎日ハッピーだ!

英雄教室5
新木 伸
イラスト／森沢晴行

超生物・ブレイドは皆の注目の的! そんな彼の弱点をアーネストは〝魔法〟だと見抜き!? 楽しすぎる学園ファンタジー、第5弾!

ダッシュエックス文庫

英雄教室6
新木　伸
イラスト／森沢晴行

英雄教室7
新木　伸
イラスト／森沢晴行

英雄教室8
新木　伸
イラスト／森沢晴行

英雄教室9
新木　伸
イラスト／森沢晴行

クレアが巨大化!?　お色気デートで5歳児ブレイド、覚醒!?　勇者流マッサージで悶絶!?　英雄候補生たちの日常は、やっぱり規格外!!

イェシカの過去が明らかになるとき、王都壊滅の危機が訪れる!?　大切な学園の仲間のため、今日も元勇者ブレイドが立ち上がる…!

王都の地下に眠る厄介なモンスターが復活!?　英雄候補生のアーネストたちは、王都防衛隊と共同作戦につき、討伐に向かったが…?

他国の王子とアーネストが結婚!?　学園みんなで修学旅行の予定が、極限サバイバルに!?　元勇者の非常識な学園生活、大騒ぎの第9巻。

ダッシュエックス文庫

俺の家が魔力スポットだった件3
～住んでいるだけで世界最強～
あまうい白一
イラスト／鍋島テツヒロ

黒金の竜王アンネが隣人となり、異世界マイホーム生活は賑やかに。でも、戦闘ウサギに新たな竜王の登場で、まだまだ波乱は続く!?

俺の家が魔力スポットだった件4
～住んでいるだけで世界最強～
あまうい白一
イラスト／鍋島テツヒロ

今度は国を守護する四大精霊が逃げ出した!! 強い魔力に引き寄せられるという精霊たちは、当然ながらダイチの前に現れるのだが…？

俺の家が魔力スポットだった件5
～住んでいるだけで世界最強～
あまうい白一
イラスト／鍋島テツヒロ

盛大なプロシアの祭りも終わったある日のこと。今度は謎の歌姫が騒動を巻き起こす…!? 異世界マイホームライフ安心安定の第5巻！

俺の家が魔力スポットだった件6
～住んでいるだけで世界最強～
あまうい白一
イラスト／鍋島テツヒロ

リゾートへ旅行に出かけた一行。バカンスを楽しむはずが、とんでもないものを釣りあげてしまい!? 新たな竜王も登場し大騒ぎに！